ボクシング日和

角田光代

ハルキ文庫

角川春樹事務所

ボクシング日和

〈目次〉

まえがき
ボクシングっておもしろい！

ボクシングをはじめて自覚的に見たのは九〇年代の後半だ。そのころは辰吉丈一郎《たつよしじょういちろう》選手がたいへんな人気で、私の友人たちもみんな見ていた。友人と焼き鳥屋で飲んでいたら、テレビで辰吉の試合がはじまり、急いで帰って家でじっくり見たことを覚えている。けれどそのときの対戦相手はだれで、どんな試合だったか覚えていない。その後、私は辰吉と対戦したタイのウィラポン・ナコンルアンプロモーション選手の大ファンになるのだが、彼と西岡利晃《にしおかとしあき》選手の試合を見にいくこともなく、やがてその名前がさほど聞こえなくなると忘れてしまった。ボクシングの試合を見ることもなくなった。

この時点で、だから私にとってのボクシングはプロレスや野球と変わらなかった。大仁《おおに》田厚《たあつし》という人がプロレスラーなのは知っていたし、誘われれば電流爆破デスマッチも見にいった。ゴジラというのは松井秀喜《まついひでき》のことだと認識していて、やっぱり誘われれば彼の出るジャイアンツの試合も見にいった。けれどもプロレスや野球のルールも知らず、それらに誘ってくれる友だちがいなくなれば見ることもなく、見ることもなくなれば忘れてしまう。ボクシングもそうしたものだった。

2001年、たまたま住まいのそばにあった輪島功一《わじまこういち》スポーツジムに入会した。元世界チャンピオンの輪島功一さんが会長をつとめるボクシングジムである。その当時失恋をして、ともかくも心を強くしたいと切望した私は、まず体を鍛えなければならないと思い詰め、家からいちばん近いジムの門を、すがるように叩《たた》いたのである。

そこに通うようになってから興味を持ち、練習生の試合を見にいくようになった。何度か生で試合を見ているうちに、こんなに興奮するスポーツは私にとってほかにないと思った。プロレスとも野球とも、私のなかではまったく異なるものだった。何が異なるのかというと、私にもわかる、ということだ。

ボクシングは至極シンプルだ。ほとんど同じ体重のもの同士が、パンチだけで戦って勝敗を競う。いってみればそれだけだ。反則や、試合中にひどい負傷を負った場合の取り決めなど、こまかいことはいろいろあるけれど、そんなことは知らずともかまわない。ただ見ていれば、たとえはじめて見る試合であっても、何が起きているのか理解できる。KO試合ならば、その強さ弱さをはっきりと目で見ることができる。

はじめて後楽園ホールで試合を生観戦したとき、私は心の底から驚いて、最後まで驚きっぱなしだった。まず音。パンチの音が、震え上がるほどよく聞こえる。そして飛び散る汗がはっきり見える。人が、生身の体ひとつで戦っている、それが実感できる。それに加えて、観客席からの野次、歓声、盛り上がりに圧倒された。

ひとつの試合でこの目が捉《とら》えるものは、戦う選手の強さ弱さだけではないということも知った。駆け引きや負けん気、一瞬の恐怖や戦意の喪失、焦り、いらだち、「今がたのしい」という気分まで、観客の目に見える。特定のだれかを応援していなくても、ひとつひとつの試合に見どころがあり、ドラマがある。

かくして私はボクシングのファンになった。ただ興奮して見ていた試合のことを、書き留めておくようになったのは、２０１４年からだ。

晴れでも、雨でも、台風でも、この対戦を見たい、この選手を見たいと思ったときが、私にとってのボクシング日和なのである。

Ⅰ

マカオでボクシングを

ボクシング・マガジンを読んでいたら、村田《むらた》諒太《りょうた》選手のプロ3戦目がマカオで行われると書いてあった。へええ、マカオ、近いじゃないか。翌日、インターネットで調べてみると、ちょうどチケットが発売されたばかり。

村田選手の熱烈なファンというわけではないのだが、私はつねづね、海外で行われるボクシングの試合を見たいと思っていた。これはいいチャンスではないか。座席は、ものすごく値段の高い席、すごく高い席、ふつうに高い席、そう高くはない席とあり、そう高くはない席はすでに売り切れ。ふつうに高い席のチケットを買う。びっくりするくらいかんたんに買えた。かんたんすぎてこわくなる。

試合前までに、マカオのチケットオフィスにいって発券してもらうよう書いてあるのだが、そこで発券してくれないのではないか。いや、このふつうに高い席に、すでにだれかが地元の人が陣取っていて、「そこ、私の……」とチケットを見せても、異国語でがなられて、すごすごと立ち見をする羽目になるのではないか。何しろはじめてなので、そんな不安ばかり抱いてマカオに向かった。

試合会場はコタイアリーナ。巨大ホテルの建ち並ぶコタイ地区にある。マカオのホテルの仕組みを知らない私は、てっきり、日本武道館や東京ドームのように「コタイアリーナ」という建物が存在するのだと思って、地図でさがすも、見あたらない。試験勉強をするがごとく熱心にガイドブックを読みあさり、ようやくわかった。「コタイアリーナ」はザ・ベネチアン・マカオという巨大ホテルのなかにあるのだ。ホテルのなかにアリーナ？

２０１４年2月22日、無事に発券してもらったチケットを握りしめて、16時半の開場時間にあわせ、ザ・ベネチアン・マカオに向かう。フロントの向かいがコタイアリーナの入り口である。ずらりとドアが並び、それぞれのドアの前に観客がすでに列を作っている。

会場に入って驚いた。アリーナの広さは武道館くらい。爆音で音楽が流れ、派手な演出照明が客席を照らし出している。私の席は花道のすぐ上あたり、心配していたように、すでにだれかが座っているということもなかった。17時半には客席はほぼ満席になった。日本では、ビッグマッチのときも、ジムの関係者やその選手の地元の応援団、後援会の人たちの姿が中心、という印象があるが、コタイアリーナの客層は、おもしろいようにばらばらだ。老年のカップルもいれば、若い女の子のグループも、家族連れもいる。私の隣は若いカップルだった。それにしても、こんなに広い会場が、ホテルの一部だということがやっぱりよくわからない……。

18時近く、司会者がリングに上がり、ようやく第1試合がはじまった。青コーナー・タイ、赤コーナー・フィリピンの選手のスーパーフライ級。第1ラウンドでタイ選手がダウン、第2ラウンド1分32秒で、フィリピン選手がアッパー、左ストレートと決め、タイ選手はTKOで負けた。ここで6人の女性がリングに上がり、セクシーなダンスをはじめる。観客たちはなぜかいっせいにiPhoneやiPadでそれを写真や動画におさめている。

2試合目は、青インドネシア、赤フィリピンの選手の、スーパーウェザー級6回戦。この試合は、フィリピン選手が、長い腕で右フックを放ち、なんと第1ラウンド2分17秒で

KO勝ち。わーっ、と会場は盛り上がるが、私はつい「えーっ」と声を上げてしまう。早すぎるじゃないか。そしてまた、女性たちがリングに上がり、今度はセクシーではない健康的なダンスをはじめる。

3試合目。青コーナーがインドネシアの選手、赤コーナーがマカオの選手。階級が聞き取れず、4回戦の試合ということしかわからない。マカオの選手が入場するや、客席が歓声で沸く。すごい声援だ。第2ラウンドでインドネシアの選手がスリップ、すると会場じゅうがダウンと判断、アリーナが揺れているかと思うほどの大声援になった。マカオの選手はその声援に押されるようにラッシュに入るも、決めきれず、第2ラウンド終了。第3ラウンドのゴングが鳴るや、マカオの選手は飛び出してきて、さっきの続きのようにラッシュ、1分17秒、右ストレートでKO勝ち。

そうして4試合目、契約ウェイト8回戦。まず青コーナーのブラジル、ナシメント選手が入場、ついで日本の村田選手が入場する。むらたー、という歓声が沸き上がり、日本人の観客がずいぶん多いと知った。しかも、ものすごく高いアリーナ席に。

大きな動きのなかった第1ラウンド終盤で、迫力ある打ち合いになった。第2ラウンド、ナシメントのパンチはものすごく重そうだが、村田は打たれても引かずに前に前に出ていく。がんばれー、という日本人の声援を、地元の人が真似《まね》て、そのたび客席に笑いが広がる。第3ラウンド、クリンチしたナシメントを村田が打ち離したと思ったら、すとんとナシメントがリングにへたりこんだ。何が起きたのかまったくわからない。立ち上がったナシメントを村田が連打するも、第3ラウンド終了のゴングが鳴る。リング上に設置されたスクリーンにスロー再生が流れ、村田のアッパーが入ったのだとようやく理解する。第4ラウンドは村田の連打ではじまり、そのまま43秒でレフェリーがナシメントを抱きかかえ、試合終了。

5試合目はスーパーフライ級10回戦、赤コーナー香港《ホンコン》のレックス選手と、青コーナー松山真虎《まつやままこ》選手。レックス選手、またしてもすごい声援を受ける。彼の入場後、ラップグループがラップを披露し、客席は大歓声。レックスはものすごく体がやわらかい。ぐねぐね動いていろんな位置からパンチを出し、そのパンチが鞭《むち》みたいに弧を描いて飛んでいく。松山選手も負けずに手を出しているが、第2ラウンドであやまって相手の後頭部にパンチしてしまったところ、ものすごいブーイングの嵐《あらし》が巻き起こった。立ち上がり、両手を突き出し、親指を下に向けて、足を踏みならしている。そんなにしなくてもいいじゃないか……とついちいさくなりながら、思う。

第6ラウンドで松山が目の上をカットし、流血すると、観客は拍手し足を鳴らして喜んでいる。第7ラウンドで見事な左フックを受けながらも、まったくあきらめず松山は連打でレックスの動きを封じ込める。が、第8ラウンド、何かひとつ決めパンチを受けたのではなく、今まで堪《こら》えていたものが切れたように、松山が吹っ飛んでダウン。1分27秒。

続くフェザー級12回戦にも、赤コーナーに日本人選手が登場した。下田昭文《しもだあきふみ》選手。青コーナーはフィリピンのソンソナ選手。試合開始から、下田のパンチの重さ、的確さが目立ち、リーチの長いソンソナのパンチは大振りで無駄が多いように見えた。第2ラウンドでは、ソンソナは、下田が反則をしたとアピールしたり、両手をだらんと下ろして挑発したり、なんだか、力量がないのかしらと思うような態度である。ところが第3ラウンド、突然、まったく唐突に、下田がぐんと沈んだのである。えっ何何何何、何何何何!?　つい、リングに向かって叫ぶ。隣のカップルも身を乗り出している。

スクリーンに第3ラウンドがスロー再生される。右ストレートを下田が入れた直後、ソンソナの左アッパーがばっちりと入っている。そのアッパーが、息を呑《の》むほどのうつくしさなのだ。何度も何度もアッパーが再生され、下田がすとんと垂直に沈むスクリーンから、目が離せない。ものすごい一瞬である。すごーい、すごおおおい、とつい叫んでしまう私を、だれも注視しないのがありがたい。みんなスクリーンに釘付《くぎづ》け。

この興行は、3人の金メダリストが登場するからリングオブゴールド、というらしい。次の試合の赤コーナーが、ロシアの金メダリスト、メコンツェフ選手で、タイの選手とライトヘビー級6回戦をし、2ラウンド2分19秒でTKO勝ちした。

KO、TKO、しかも派手なものばかりを続けて見ていると、なんだか麻痺《まひ》してしまって、続くIBF世界ライト級タイトルマッチで、ラウンドが重なるごとに見ているのが面倒になってくる。実際、クリンチの多い、あまりうるわしいところのない試合だった。この試合は判定でチャンピオン、ミゲール・バスケスが勝利。

ファイナルは中国の金メダリスト、ゾウ・シミン選手の登場である。スクリーンには、アリ、タイソンといった名ボクサーの名試合が延々と流され、字幕では「とにかくすごい男の登場」というようなこと（たぶん）が広東語《カントン》でばんばん流れる。青コーナーはタイ人選手。

　タイの選手のガードがたいへんかたく、ゾウ選手のパンチは無駄打ちがないのに、どこか攻めが甘いように見える。第3ラウンド、第4ラウンドで会場じゅうからゾウ・シミンコールが沸き、それに押されるようにしてラッシュに持っていこうとするのだが、タイ人選手がそうはさせない。全体的に、さらさらとした感触の試合である。第7ラウンド、ゾウ・シミンがタイ人からダウンをとったが、その直後、今度はタイ人がダウンをとり返し、しかしもう一発、ゾウ・シミンが腹にストレートを打ち込んで、タイ人選手はついにダウン。会場の人たちは立ち上がり両手をふりまわして喜んでいる。

　すべての試合が終わったのは、22時半過ぎ。ホテルのなかにアリーナって、やっぱりへんだよな……と、そこだけ納得できないまま、ホテルをあとにした。

いつかきっと自慢する

羽田空港にいくときに、急行電車が停車する駅、という認識しかない京急蒲田駅《けいきゅうかまた》に、はじめて降り立つ。大田区総合体育館で行われる、ダブル世界タイトルマッチを見るためである。

16時過ぎに会場に入ると、すでに試合が行われている。この日の第1試合は井上拓真《いのうえたくま》選手とWBA世界ライトフライ級4位、タイ人選手との8回戦である。井上拓真選手は、今日のメインイベントを飾る井上尚弥《なおや》選手の弟。デビュー2戦目で、世界ランカーの選手と戦うなんて、すごいことである。判定で井上拓真選手の勝ち。兄の尚弥選手とそっくりの声で、勝利者インタビューに答えている。

ようやく一息ついて会場を見まわすと、体育館とは思えない華やかな雰囲気である。もっと寒々しくて素っ気ない、板敷きの床にパイプ椅子《いす》が並ぶような「体育館」をイメージしていたのだけれど、すり鉢状の会場は立派なスタジアムである。しかも客席をなめるように動く照明が派手で、このあいだ見たコタイアリーナを思い出す。

バンタム級8回戦、日本フェザー級王座決定戦と見応《みごた》えのある試合が続き、いよいよローマン・ゴンサレスの登場である。試合を見てもめったに名前を覚えない私でも、この名前は知っている。2008年、パシフィコ横浜でトリプル世界戦が行われたときにこの人の試合を見て、震え上がった。この日から、ゴンサレス＝漫画みたいに強い選手とずっと記憶している。

そんな先入観がなくとも、試合開始直後から、この選手が異様に強いのはわかる。機械みたいに正確にパンチをきめて、なおかつ打たれない。無表情で、迷いもぶれもなく相手を追い詰めていくさまは不気味ですらある。第2ラウンドで相手のフィリピン人選手がダウン、なんとか立ち上がるも、第3ラウンドでレフェリーが試合をストップさせた。ああ、やっぱり強いゴンサレス。

世界戦の前に、再審請求が認められ、48年ぶりに釈放された袴田巖《はかまだいわお》さんに名誉王者ベルトを贈呈する式典があった。都内に入院しているご本人の代わりに、姉の秀子《ひでこ》さんがベルトを受け取り、挨拶《あいさつ》をしていた。国内外のボクシング界がずっと支えてくれたという言葉に胸を打たれる。

休憩が入り、いよいよ王者八重樫東《やえがしあきら》選手とメキシコのサレタ選手とのフライ級タイトルマッチがはじまる。この試合がメインではないのは、井上尚弥戦をメインにすべきだという八重樫選手の意向だと聞いた。

さっきまでの試合も充分見応えがあったのだけれど、世界戦はやはりつめる緊張感がやっぱり違う。

サレタ選手はリーチが長く、ジャブ、ストレートのパンチを放つと、その長い腕がさらに伸びるかのように見える。じつにきれいなボクシングをする。だからなおのこと八重樫選手は荒っぽく見える。

第3ラウンドまではサレタペースの試合だったが、第4ラウンドで急にスイッチが入ったかのように、八重樫の動きが速く強くなった。第4ラウンド終了後の採点は、2者がドロー、1者がサレタ。

以後、八重樫ペースの試合運びになり、第7ラウンド目には、強いボディブローを放つ八重樫の姿が、前半と打って変わって生き生きしているようにすら見えた。第8ラウンド終了後の採点は、ドローが1者、2者が八重樫。

そうして第9ラウンド、八重樫の右のカウンターパンチを受けてサレタは倒れた。こういう泥くさくて熱い試合はやっぱり盛り上がる。

さっき試合を終えたゴンサレスがリングに上がり、歓声がさらに盛り上がる。八重樫がゴンサレスからの挑戦を受けると答えて、今日の防衛戦より大きな話題になっていたけれど、こんなに強い人と戦うのはいやじゃないのかなあと、ど素人《しろうと》の私は思う。「こんなぼくですけど、戦ってもいいですか」とマイクで八重樫は言い、会場じゅうが歓声に沸く。

今の状態では勝つのは困難だけれど、可能性があるかぎり戦いたい、と言う八重樫選手、本当にすごい。その試合、たしかに見たい。

いよいよ井上尚弥選手の登場である。対戦相手はWBC世界ライトフライ級チャンピオン、メキシコのエルナンデス。日本人選手では最速の6戦目での世界挑戦とあって、会場は大いに沸いている。

2012年の10月2日、私は井上選手のデビュー戦を後楽園ホールで見ている。試合内容はくわしく覚えてなくて、でも、「なんだかすっごいものを見てしまった」と思ったことだけ、はっきり覚えている。何がなんだかよくわからないうちに相手からダウンを奪い、第4ラウンドで、やっぱりなんだかわからないパンチで相手をキャンバスに沈めた。再生VTRもスロー再生もなく、何がどうなったのかもわからないながら、この青年がとても強いことだけはわかった。強いだけではなくて、戦いかたがうつくしいということも。

それから2年、一度も負けず、4戦目で日本チャンピオンになり、5戦目で東洋太平洋チャンピオンになり、そうして6戦目。

試合開始のゴングが鳴る。第1ラウンド、試合は井上の左ジャブからはじまった。第1ラウンドが1分ほど経過したころ、井上が腹に決めたワンツーで、相手がフッと後退した。パンチを受けて文字どおり吹っ飛んだのだろうけれど、なんだかビーム光線を受けたかのように見える。そのくらいパンチが速くて強い。

第1ラウンドから一貫して井上の手数が多く、相手がまったく手を出していないように見えるが、そうではないと途中で気づいた。エルナンデスも手を出してはいるのだが、井上がみごとによけているのだ。エルナンデスのパンチをよけるとき、ときどきフッと瞬間移動のように後退する。後退してすぐ出ていく。あいかわらず無駄がなくて、うつくしい。第2ラウンドでも第3ラウンドでもラッシュにいくような気配があり、そのたび、体育館が揺れるくらいの声援が飛ぶが、仕留めきれない。

第3ラウンド、残り10秒の拍子木が鳴った瞬間、井上の放った右ストレートがエルナンデスの目の上を切った。試合は一時ストップ、出血と傷の具合が確認され、試合再開。とはいえゴングまであと数秒しかない。それなのに井上はエルナンデスの、左目に右ストレートを2回も放った。ゴングが鳴り、痛えなあ、とでも言いたげに左グローブで左目をおさえながらコーナーに戻るエルナンデスを見て、井上コワ、と思う。

圧倒的に井上ペースの試合だったけれど、第4ラウンドから、次第にエルナンデスのパンチも入るようになってくる。なんとか巻き返そうとするかのように、さっきまでとは打って変わって前へ前へとエルナンデスは攻めてくる。

この日、私の席の2列後ろに、ボクシング経験者か関係者らしき人が座っていて、友人たちにずっと独自の試合解説をしていた。フェザー級王者決定戦の試合のときなどは、その独自の解説に私も聞き入っていたのだが、井上戦になってから急に辛口解説になった。とにかく井上をけなしまくる。相手が弱すぎる、弱いのをわざと連れてきた、今のパンチなんてガードの上からなのに、相手があんなに痛がって見せている、だれそれの試合のときとまったく同じだ、等々、ずーっと続く。私の真後ろにいたカップルは、その解説さんが席を外すと、「興奮してあんなにべらべらしゃべって馬鹿みたい」「迷惑も考えてほしい」と言い合っていたのだが、いつの間にか、姿を消していた。きっと井上があまりにも悪く言われることに耐えられず、席を移ったのだろう。

第5ラウンド、第6ラウンドと、手も脚も出なかった前半が嘘《うそ》のように、エルナンデスは攻める。幾度も接近しときにクリンチをするエルナンデスを引きはがし、井上はなおも上下、右左と自在にパンチを打ちこむ。

そしてまたもや、あっという間だった。井上の右ストレートを受けて、エルナンデスががくんと膝《ひざ》をつく。立ち上がるも、ファイティングポーズをとることはない。レフェリーが試合終了を告げる。キャンバスにダイブしてよろこぶ井上選手の姿を見ていたら、泣けてきた。どのくらいのプレッシャーと闘ってきたのだろう。負けることは許されないし、勝っても、相手が弱かったと言われる。それでも勝ってよかった。ずっと年をとったら私は自慢するのだと決める。こう見えても私は井上尚弥のデビュー戦と日本人史上最速の世界戦勝利を生で見たんだ、と自慢するのだ。自慢しがいのある伝説をどうか作り続けてくださいと、勝手なことを祈りつつ、大田区総合体育館を出た。

意外に遠い大阪

連休明けの2014年5月7日、大阪のボディメーカーコロシアム（現・エディオンアリーナ大阪）というところで、ダブル世界タイトルマッチが行われるという。この日の対戦カードを見ると、ダブル世界タイトルマッチの前に、OPBF東洋太平洋ライト級タイトルマッチがある。2つの世界戦はテレビ放映されるだろうけれど、このOPBFは放映してくれないだろう。でも、見たい。

迷ったあげく、そんなに遠くでもない、大阪だし、いこう、と決めた。

ところがこの日、午後に取材が一件あって、東京駅に着いたのは15時近く。この日の試合開始は15時。でもきっと、OPBFタイトル戦の開始時間は18時くらいだろうから、間に合うだろうと思いつつ新幹線に乗った。

大阪は、仕事で幾度かいったことがあるだけで、まったく知らない。これから向かうボディメーカーコロシアムのあるなんばがどこで、新大阪とどのような位置関係にあるのか、さっぱりわからない。調べてみると、新大阪から地下鉄一本でなんば駅にいけるらしい。

なんば駅に着いたのが18時少し前。ボディメーカーコロシアムは駅から5分ほどなのに、致命的に方向音痴《ほうこうおんち》の私は15分ほどさまよって、ようやくたどり着いた。会場前に結構な人だかりがしているが、なんだか雰囲気が独特である。後楽園ホールの前も、ボクシングの試合の前はなんとなくボクシング然とした人たちが集まっているが、それよりももっと荒っぽくてきらびやかでにぎやかだ。その独特な雰囲気に気圧《けお》されながら会場に入る。

館内に入ると、何試合目の第何ラウンドかわからないが、けっこう白熱した試合が展開されている。観客の邪魔にならないよう、南側のアリーナ後方席に向かう。

席に座るやいなや、試合終了のゴングが鳴る。12ラウンド、3対0の判定で、勝者、中《なか》谷正義《たにまさよし》とアナウンスが響き、えっ、と思わず声が出る。この試合を見にきたのに、席に着くなり終わってしまうなんて！

でもまあ、世界戦を見にきたと思えばいいか、と自分に言い聞かせていると、次のＩＢＦ世界ミニマム級タイトルマッチは20分後に行いますとアナウンスが入る。

19時近くなって、ようやくＩＢＦ世界ミニマム級タイトルマッチ開始。チャンピオンは高山勝成《たかやまかつなり》選手、挑戦者は10位の小野心《おのしん》選手。

ゴングが鳴るやすぐに接近して打ち合いがはじまる。序盤はチャンピオンのほうが勢いがあったけれど、ラウンド後半になるにつれて互角に打ち合い、第2ラウンド、第3ラウンドと進むうち、挑戦者のパンチが高山をとらえはじめる。第3ラウンド後半では小野が高山を追い詰めてラッシュ、高山がクリンチして止めたところでゴングとなった。

この日、チャンピオンは白いグローブに黒いトランクスで、挑戦者が赤いグローブに白いトランクス姿だった。私は何度も両者を混同してしまい、赤だ、赤が優勢だ、やっぱりチャンピオンだなあと思っては、インターバルで両者があべこべのコーナーに戻るのを見て、違う違うとその都度認識を訂正しなければならなかった。

第4ラウンドもやっぱり赤グローブの小野が好調。下から突き上げるようなパンチがじつにうつくしい。フェイントをかけつつ上下を打ち分け、確実に当てていく。

第7ラウンドあたりから高山も調子が出てきて、小野を追い詰める場面が幾度かあったが、ゴング直前、目尻をカットしてしまう。小野の有効打だとアナウンスが流れる。

第8ラウンドになると、猛然と巻き返しを図るように高山のパンチが多くなった。けれどこのラウンドでも、今度は右まぶたをカット。またしても有効打によるものというアナウンス。

第10ラウンド、チャンピオンはようやくペースを完全にものにしたように見えた。相手をからかうようなステップで、小野が突っ込んだところにいきなり猛連打。小野はロープにもたれるようにしゃがみ、そこへとどめをさすかのように高山が連打で攻める。会場じゅうが声を上げるなか、ゴングが響く。

第11、12ラウンドは見ていて気持ちがよかった。高山が勢いよく攻め、小野はまともにもらいつつ、それでも手を出し続けている。最終ラウンドでは膝《ひざ》をついても立ち上がり、チャンピオンと激しい打ち合いを展開した。KOならず、試合は判定で高山の勝ち。後半が熱かった。

さて、いよいよ2つ目の世界戦、IBF世界フライ級タイトルマッチ、と思いきや、予備カードの2試合がはじまる。しかも、その2試合が終わると、テレビ放映の都合で、タイトル戦は21時開始とのアナウンスが流れる。げっ、21時まで30分以上ある……。ひまつぶしに体育館の外に出てみると、ものすごい人、人、人。さっきのあらっぽくてきらびやかでにぎやかなものすごい数の人たちが会場前の広場で喫煙しているのである。喫煙所なんて関係ない、広場すべてが喫煙場。みんな興奮しているのか大声で話していて、ものすごい煙と喧噪《けんそう》。なんだか昭和っぽくていい光景だ。

井岡一翔《いおかかずと》選手とチャンピオン、アムナット・ルエンロエン選手の試合がはじまったのは21時15分。最初に仕掛けていったのはアムナット。ジャブが速い。井岡は様子を見ているのか、なかなか手を出さない。第2ラウンドでアムナットがとんでもない右アッパーを出した。井岡はよけたが、あれが当たっていたらと思うとぞーっとする。と、そのぞーっとするアッパーを、第3ラウンドで井岡がくらってしまう。まだ井岡は様子を見ているのか、それとも手が出せないのか、私にはわからない。

第4ラウンドになってようやく井岡が前に出てくる。プレッシャーをかけながらおもに腹を狙《ねら》ったパンチを放つ。続くラウンドでも、井岡は前に前にと出ていくが、相手の懐に入ろうとするたびにアムナットのパンチをもらってしまう。

第6ラウンドで、ようやく井岡が試合のペースをつかんだように見えた。第7、8ラウンドはアムナットの動きが鈍くなり、そのぶん井岡が前に出る。が、井岡が接近してボディを攻めるとアムナットはクリンチを繰り返す。うーん、もしかして井岡、今回は負けちゃうんじゃないかと不穏な予感。そういえば、井岡はアマチュア時代、アムナットに負けているんだっけ。

野次が少ない、というか、ほとんどない、とこのときはじめて気づいた。さっきのミニマム戦のときからそうだった。応援する声は多くあるが、相手選手を揶揄《やゆ》したり責めたりする野次を飛ばす人がほとんどいない。このアムナットのクリンチ攻め、後楽園だったら大ブーイングではないかしら。観客の荒っぽくてきらびやかな印象と、野次のなさのギャップが意外である。

続く第9ラウンド以降、井岡が近づくとアムナットがカウンターを当てるかクリンチで封じる、という場面が繰り返された。なんというか、見ていると井岡の戦い方のすこやかさと気持ちの強さが目立ち、それを相手が経験値で翻弄《ほんろう》しているように思えてくる。そんな異なる力の拮抗《きっこう》がずっと続いているようで、見ているとじりじりするし、妙に疲れる。

第10ラウンド、アムナットがホールドで減点をとられるや、井岡はたたみかけるように相手を攻めるが、攻めきれず。残り2ラウンドも、じりじりと試合は続き、第11ラウンド、どちらもパンチをクリーンヒットさせつつも第12ラウンドに持ち越し、試合終了。

判定で、ひとりのジャッジが井岡に点を入れていて、えっ？　と思う。ここでもし井岡が判定勝ちしたら、なんだかいやだなと一瞬思う。残る2者はアムナット支持で、アムナットの防衛成功。ひとりのジャッジの、119対108という点数差にも、えっ？　と思ったが。

会場を出て、大阪在住の知り合いに教えてもらった飲み屋をめざし、知らない町をひとり歩く。

3階級制覇とか、4団体王者とか、日本初とか最速とか、いろんな記録をこのごろとてもよく耳にするけれど、たくさんありすぎて、正直、私には何がなんだかよくわからない。ただ、記録を持っていたり、記録に挑戦したりする選手は、すごく強いんだろうなと思う程度だ。だからこの日、日本最速3階級制覇という記録が作れなかったことではなくて、ワーッと興奮するような試合ではなかったのが私には残念だった。

いや、試合のせいばかりではなくて、あの異様に長い待ち時間のせいもあると思う。だって今日、ボクシングを見るために3時間かけて会場にいって、見たい試合は見られず、18時過ぎから22時過ぎまで4時間、うち2時間ほど待ち時間だったのだ。7時間かけて2試合見た計算なんだもの。飲み屋にたどり着いたのが23時近く。ああ、なんとも長い1日。

どうして見にきたのだっけ？

ボクシングジムにいくと、はじめて習うのは構えと、それからジャブである。ジャブ、その次にワンツー。フックを習うのは、これをひたすらくり返したあと。

日本ライト級タイトルの防衛戦で戦う加藤善孝《かとうよしたか》選手を見ていて、そんなことを思い出した。

2014年7月23日の後楽園ホールである。現ライト級チャンピオンの加藤選手と、挑戦者、斉藤司《さいとうつかさ》選手のタイトル戦はセミファイナルだ。試合開始すぐ、斉藤がパンチを出し加藤が返し、その直後にはもう、額がつくほど近い位置での激しい打ち合いになった。

第2ラウンド、第3ラウンドと続いても、その激しさは一向に減じない。両者、どちらも一歩も引かない。まだ前半なのに、ものすごい迫力である。加藤のパンチはひどく的確に相手をとらえ、斉藤のパンチはすばやくキレがある。そうして第3ラウンドで、加藤が何度も何度もジャブ、ワンツーとパンチをくり返していることに気づいたのである。

偶然のバッティングにより斉藤選手がどこかを切ったというアナウンスが入るが、会場の声援がすごすぎて、聞き取れない。

第4ラウンドでも、フック、アッパーも交えつつ、でも加藤はジャブ、ストレートをくり返す。終盤で、斉藤の腹にまっすぐストレートが入り、斉藤がダウン。レフェリーの、ボックスの声が響いた段階で残り8秒。それでも加藤は仕留めるように激しくパンチを放ち続けて、ゴング。

第5ラウンド、加藤は相変わらずワンツーをヒットさせ続け、斉藤の手数が減りはじめる。と思うと、オッシャ！　と胸を開くように斉藤が気合いを入れ、ヘイ、カモン！　と挑発する。いや、ヘイ、カモンと言っているわけではないのだが、この挑発のポーズを見ると、私はつい心のなかで「ヘイ、カモン」とアテレコしてしまうのだ。

第5ラウンド終了時の採点は、3者とも、49対45で加藤。

第6ラウンド、ここでも加藤のワンツーはくり返される。その2つのパンチだけで、相手のパンチを封じている。重機のようなジャブとストレートを見ていて、ふいに私は思ったのである。これっていちばん最初に習うパンチだ。それだけでどんどん迫っていく。なんなんだ、この威力。その重たいパンチを受け続ける斉藤はここでも気合いを入れる。加藤は離れた距離からジャブ、ストレートを打ち、すっと近づいてまたジャブ、ストレートを打ちこむ。

第7ラウンドでも斉藤はヘイ、カモンの挑発をする。こんなに打たれているのに、まだまだやる気なんだなあ。と思っていたら終盤で加藤のラッシュ。10秒を切る拍子木が鳴っても加藤は攻め続ける。会場はすごい歓声である。

そうして第8ラウンド。ジャブ、ストレート、ジャブの3発を、追い詰めるように打ち続けたのち、加藤は執拗《しつよう》にジャブを放つ。まっすぐなジャブが斉藤を打ったとき、スローモーションのように斉藤が後退し、レフェリーがあいだに入って試合をストップさせた。

8ラウンド1分13秒、試合終了。すごい試合だった。3分が、1分もないかというくらい短く感じられた。

斉藤は突っ伏して泣き、グローブで何度も何度もキャンバスを叩《たた》く。その姿を見てたら私まで泣けてきた。

マイクを向けられた加藤選手は、腫《は》れも傷もないお地蔵さんみたいな笑顔で、やりたいボクシングの３割しかできていないと話す。今年じゅうに世界ランクに入り、来年は世界挑戦すると言ってリングを下りる。

ああ、すごかった。なんていい試合を見たんだろう。会場じゅう、大拍手で両選手を見送る。

この日はＫＯが多く、メインの試合開始まで、時間調整のため10分の休憩になる。

はて、それにしても私、どうして今日後楽園ホールにきたのだっけ。

そもそも、カレンダーの７月23日に「ボクシング」と書きこまれていて、手帳にも、「７月23日」とわざわざ書いてあった。それでやってきたわけなのだが、なぜにそう書きつけたのか、もう覚えていないのだ。でも、この日は第３試合目のスーパーフライ級８回戦も見応《みごた》えがあったし、今の試合もすばらしかったから、目的がなんだったかなんて、どうでもいいや。

そんなことを考えていると10分がたち、メインイベントを飾る両者が登場する。WBC世界ライト級7位、日本3位の荒川仁人《あらかわにひと》選手と、元日本ライト級チャンピオンの近藤明広《こんどうあきひろ》選手との試合である。

試合前半は、お互いに様子を見合うような静かな試合だった。ようやく試合が動きはじめたのは第3ラウンド。荒川がボディ、フック、アッパーとたたみかけ、近藤はしなるようなフックで応戦する。

第4ラウンド、荒川が、右ジャブ、左でボディ、右フック、左アッパーと小刻みにパンチをヒットさせ、近藤もここでヘイ、カモンポーズで挑発。このラウンドの終盤で、近藤が荒川をコーナーに追いこんで連打をはじめるか……と思うやそこでゴングが鳴った。今日はヘイ、カモンがたくさん見られるなあ。

第5ラウンドは今までになく激しいパンチの応酬が続く。荒川が上、下とリズミカルに打つ一方で、近藤のパンチは鞭《むち》みたいに飛んで、しゅるりと相手の体に巻きつくように見える。フェイントの掛け合いの緊迫感も、序盤のときとはまるで違う。

第7、第8ラウンドと、距離をとっていた今までとは一転、接近して激しい打ち合いが続く。荒川という人は防御がすごくうまいのだと、ここでようやく私は気づいた。しゅるると飛んでくる近藤のフックを、素早いウィービングでホイホイとよけている。

第9ラウンドで、矢が飛ぶような右ジャブを荒川が放ち、そこからラッシュに入った。無茶苦茶に打たれているのに、近藤もパンチを出し続けている。このラッシュで試合は終わってしまうかと思ったものの、体を離してもう一度向き合ったとたん、近藤が右ストレートを荒川の腹に入れ、荒川が後ろに吹っ飛んだのでびっくりした。吹っ飛んだ荒川選手、体勢を整えると、客席に向かって目を見開き、「ちょっと見た？　今の」とでも言うような顔をする。余裕だ……。

あ！　とこのときになって思い出した。なぜ今日、見にこようと思っていたのか。以前、『ボクシング・マガジン』の編集長が、ラスベガスで行われたホルヘ・リナレスとの一戦での荒川の奮闘ぶりを話していたのだった。それを聞いて、その選手の試合を一度見てみたいなあとずっと思っていて、試合を見つけ、日にちをメモしていたのだった。あまりにも前のことで、すっかり忘れていた。

と、ようやく思い出したところで第9ラウンド終了。

最終ラウンド。近藤が荒川の腹を連続して打ち、そこからからめとるような左右フックを放ち続ける。荒川が咆哮《ほうこう》するかのように叫び、猛然と反撃に出る。見ていておそろしいくらいのラッシュがはじまるが、近藤もそこで負けていない、ラッシュを受けながらもパンチを出している。すごい迫力。すさまじい殴り合いである。しかも殴り合えば殴り合うだけ、両者から生気がみなぎってくるかのようである。会場じゅうが沸きに沸く。

試合終了を告げるゴングが鳴り響く。ああ！　とがっかりしている自分に気づく。もっと見たかった。もう1ラウンドあれば、いや、もう1分あれば、はっきりと決着がついたのではないか。いや、違う、決着が見たいのではない、このすさまじい試合自体を、もっと見ていたかったのだ。

司会者が採点を読み上げる。96対95。97対94。98対92。ずいぶん開きがあるが、3者ともに勝者は赤。

パンフレットを読んで知ったのだけれど、この2人は4年前（2010年）に一度対戦しているらしい。しかも近藤選手は昨年引退届を出していると読んで驚いた。現役復帰して初の試合だったのか……。

ボクシングは、ひとつの試合そのものを見るのも充分たのしいのだが、ずーっと見続けていくともっとたのしいということが実感としてわかってきた。そこに物語が生まれるからだ。選手の背負ってきた物語を、観客は、ひとつの試合で何層にも読むことができる。今日は本当にすごい試合ばかり見た。この人たちの試合予定を見つけたら、またメモしておこう。メモが何か忘れても、とにかく試合を見にいこう、と決めた。

みんな泣いた

代々木公園でデング熱の感染元となる蚊が見つかった、というニュースがまだ続く2014年9月5日、私は原宿駅に降り立った。駅周辺には、あちこちで蚊よけスプレーをする人の姿が見られる。蚊よけスプレーも虫刺され薬も持ってきていないが、私は蚊なんかどうでもよくて、ただひたすらどぎまぎしつつ会場へと向かった。

最強のローマン・ゴンサレスを前に、「こんなぼくですけど、戦ってもいいですか」と八重樫東《やえがしあきら》選手が言ったのは、4月6日の防衛戦のあと。そうして今日、いよいよその日がやってきたのである。

それにしてもこの日の対戦カードはすごい。村田諒太《むらたりょうた》選手の73・4kg契約ウェイト10回戦、井上尚弥《いのうえなおや》選手のWBC世界ライトフライ級タイトルマッチ、そして八重樫東選手とローマン・ゴンサレス選手のWBC世界フライ級タイトルマッチである。村田選手の試合も井上選手の試合もたのしみだったのだけれど、やっぱりいちばん見たいのは八重樫選手である。

第1試合がはじまる前にいったのに、代々木第二体育館はすでに超満員。異様な熱気が渦巻いている。

第1試合は尚弥選手の弟の井上拓真《たくま》選手と、タイ人選手のフライ級8回戦。拓真選手はこれがプロ3戦目。試合開始直後からすでに力量の差が歴然としているようには見えたのだが、第2ラウンドで早くもKOとなるとは思わなかった。井上が3回のダウンを奪い、呆気《あっけ》なく試合終了。

第2試合の松本亮《まつもとりょう》選手とデンカオセオーン・カオウィチット選手の試合も早かった。第1ラウンドで松本はデンカオセオーンからダウンを奪い、第2ラウンドでこの元世界チャンピオンをキャンバスに沈めた。なんだか力の差とか技術の差というよりも、20歳と38歳という年齢差をそのまま見た気がして、切ない試合だった。

ここで予備カードの4回戦が入るも、これまた第2ラウンドで終了。時間調整のため、休憩時間に入る。私はこの休憩時間が大嫌いなのだが、リング上の大スクリーンに流れる4月の尚弥戦、八重樫戦をぼーっと見てしまう。見てしまうと、見惚《みと》れるような試合なのだ、やはり。

いよいよ村田選手と、メキシコのアドリアン・ルナ選手の試合である。マカオで見た試合の村田選手が圧倒的に強かったので、今回もまた早い段階でKO勝ちするのだろうと思っていたが、そんなこともない。何度か、あ、このまま村田が畳みこむように連打して相手をノックダウンさせるか、と思うも、攻めきれない感じ。見ていてじりじりするようなラウンドが、とうとう最後まで続いてしまう。判定で村田の圧倒的な勝ちだったけれど、判定まで持っていったのがちょっと意外な感じだった。

井上尚弥選手とサマートレック・ゴーキャットジム選手のタイトルマッチ。尚弥選手はこの試合で防衛したら、上の階級に移る。ライトフライ級の試合としては見るのは最後になる。

この試合も、ぱぱぱーんと井上が決めて、早くに終わるだろうと思っていたが、それもまた予想と異なった。井上選手のほうが格上なのは第1ラウンドからわかった。相変わらずすばやくて的確で無駄のない、うつくしいパンチはサマートレックを追い詰めていくのに、このタイ人選手はねばるねばる。第4ラウンドではダウンしても立ち上がる。なんてねばり強い！　第4ラウンドが終わった時点での採点は、圧倒的に井上が優位。

次のラウンドで終わるかなと思いきや、サマートレックは復活したかのように攻めてくる。これまた、だんだん、焦《じ》れてくる。井上のスタイルがラウンドごとに違うように見えたので、もしかして井上はKOとかそんなことより、この試合でいろいろ試しているのかしら？　とも思う。

このサマートレックだが、ラウンド開始のゴングが鳴ると、かならずコーナーに頭を垂れて祈りを捧《ささ》げ、ロープに大きく寄りかかって背中を伸ばす。それでラウンド開始が毎回十秒くらい遅れる。そんなことにだんだんいらいらが募ってくるほど、試合に焦れる。焦れながら思う。この試合に倦《う》んでいるのではなくて、次の試合が見たいだけなんだ、と。

この試合は第11ラウンドでレフェリーストップ、井上の勝利。試合内容に満足がいかなかったらしく、インタビューを受ける井上はうれしそうでもなかった。

さあ、いよいよ！　という空気が会場いっぱいに広がる。控え室から会場へと向かうローマン・ゴンサレス選手が大スクリーンに映し出され、続けて、同様に八重樫東選手が映し出される。この試合に向けて八重樫は、4月、「今の状態で勝つのは困難だけれど、可能性があるかぎり戦いたい」と言っていた。その可能性を、この会場にいるだれもが信じているのではないか。私も、ロマゴンに勝つのは無理だろうと思いつつ、でも、5パーセントくらいは八重樫が勝つかも、と思っていた。

でも、と、スクリーンに映し出される八重樫の姿を見てふと思う。この人は、チャンピオンベルトを手放すためだけに今、ここを歩いてるのかもしれない。だとしたら、すごいことだなと思う。すごい勇気だな、と。

会場の、異様な盛り上がりのなか、試合がはじまる。最初の1分ほどはたがいに様子を見合っていたものの、いきなり打ち合いになる。ボディ、ワンツーとロマゴンのパンチがきれいに入るが、八重樫はそれを受けて揺らぐことなくパンチを返す。

第2ラウンド、第3ラウンドとロマゴンのプレッシャー、的確で素早いパンチにまったく引くことなく、八重樫も打ち返している。第3ラウンド後半で、ロマゴンのフックをみごとにもらって八重樫がダウン。それでも起き上がった八重樫、十秒前の拍子木が鳴らされてもコンビネーションでロマゴンを攻めにいく。この気持ちの強さ、いったいなんなんだろう。

第4ラウンドはすさまじかった。両者一歩も引かずに打ち合いが続く。じつはこのとき、私のなかの5パーセントは50パーセントくらいにふくれあがっていた。もしかして八重樫、勝てるんじゃないか。根拠なんてない。打たれて顔を腫《は》らした八重樫が、パンチを受けたらきちんきちんと激しいパンチを返しているから、互角に見えるのだ。第4ラウンド終了でのジャッジは3者ともロマゴン。それでも第5ラウンド、ジャッジなんか関係ないとでもいうように、八重樫は前へ前へと出ていく。

このラウンドがいちばん激しい、と思って固唾《かたず》を呑《の》んで見ていても、次のラウンドはもっと激しい。八重樫はどんなに打たれても顔が腫れ上がっても、気持ちが全然萎《な》えずに、第1ラウンドとまったく同じ、もしかしたらそれ以上のテンションで相手に向かっていく。真正面から一歩も下がらないで殴り合う。ロープを背負わされても器用に反転し、ロマゴンをロープに追いこんだりもする。それにしてもロマゴンは機械みたいだ。正確にパンチを打ちこみ、なめらかで柔軟な動きでパンチを避《よ》ける。

第7ラウンド、八重樫は気力だけで戦っているように見えた。でも、すごいのは、その気力が、ロマゴンの強さにまったく劣っていないこと。ロマゴンのすべての技術に拮抗《きっこう》しうる気力で向き合っている。第8ラウンドもそうだった。パンチを受けることがだいぶ多くなり、上体をぐらつかせ後方によろけ、それでも八重樫はあきらめない、がんがんに向かっていく。ヘイ、カモン！　のポーズも出る。ああこの人、体はもうぼろぼろかもしれないけれど、気持ちはまだまだみなぎっているのだ。すごい精神力。

そうして第9ラウンド、ぶわんぶわんと伸びるロマゴンのパンチに追い詰められ、八重樫がダウン。このとき私は、八重樫は立ち上がると思っていた。きっと気持ちは立ち上がっていただろう。でも体がついていかない。試合終了のゴングが鳴る。立てない姿に、この選手が、今までどれほどこらえてこらえて立っていたのかを思い知って、不覚にも涙がこぼれた。機械のようなロマゴンがセコンドに肩車をされて泣いている。それを見たらまた泣ける。きっと会場の多くの人が泣いている。

このとき私は思った。私を含め多くの人が見たい試合は、こういう試合なんだ。強い選手がきれいにKOを決めるような爽快《そうかい》さばかりじゃなくて、真の強さとは何かを思わず考えてしまうような、こういう試合なんだ。こういう試合が増えたら、もっともっとボクシングの人気は高まっていくのではないかしら。と、そんなことまで考えてしまう。ますます、蚊なんかどうでもよくなる試合だった。

気品と洗練

２０１４年12月18日、久しぶりに後楽園ホールに向かう。第１試合開始の18時に間に合うように席に着いたけれど、今日の目的はメインイベントの湯場《ゆば》忠志《ただし》選手VS.デニス・ローレンテ選手である。

つい力を入れて見てしまったのは第2試合、フライ級の8回戦だ。２０１３年の新人王、大保《おおほ》龍斗《りゅうと》選手と２０１２年新人王、長嶺克則《ながみねかつのり》選手の対戦である。長嶺選手は網膜剥離《もうまくはくり》で休んでいて、１年半ぶりの試合だという。

無敗でＫＯ率の高い長嶺選手が、がんがん攻めていく。それでも大保選手もぜったい引かない。長嶺の強力な左フックやボディへのパンチで、ああ、これは大保は倒れる、と見ていて思うが、倒れない。ずいぶんクリーンヒットをもらっていると思うのだが、試合が終盤にさしかかっても大保のやる気がみなぎっているのが見てとれる。第7、第8ラウンドでは、双方まったくガードなしの激しい打ち合いになり、おおおお、とつい前のめりになって見てしまう。熱い試合だった。判定で長嶺の勝利。9戦9勝という無敗成績に、またひとつ勝ちが加わった。

フライ級8回戦、スーパーバンタム級8回戦と続くが、どちらも判定。この日は判定ばかり。第4試合の芹江《せりえ》匡晋《まさあき》選手と、3年3カ月ぶりの復帰だという臼井《うすい》欽士郎《きんしろう》選手の試合は、どちらもヒートアップしているのだがボクシングというよりとっくみあいの喧嘩《けんか》みたいで、クリンチも多く、私にはちょっと見づらい試合だった。頭を抱えて殴ったり、抑えこんで殴ったり、という場面を幾度か目にして「えっ」と思ったが、レフェリーが止めないのだから、反則ということではないのだろう。

そうしてセミファイナル。藤本京太郎《ふじもときょうたろう》選手と、フランスのダビド・ラデフ選手のヘビー級8回戦。

この日の京太郎さんは頭髪を赤と緑のクリスマスカラーに染めていた。その赤が、みごとにあざやかな赤で目を奪われる（藤本選手を、私はどうしても京太郎さんと呼びたくなるので、その点ご勘弁を）。対するダビド選手は黒々としたモヒカンに、だまし絵みたいな髭面《ひげづら》。当然ながらどちらもものすごく大きくて、二人の向き合うリングを見上げていると、なんだかプロレスの試合がはじまるかのようである。

はじめてヘビー級の試合を見たとき（その試合も京太郎さんである）、見慣れたボクシングの試合とあまりにも違うので驚いた。動きは速くなく、ひとつひとつのパンチが重く、なんだかまるで違うスポーツを見ているような気分になった。

試合開始、第1ラウンドから京太郎さんは前に前に出ていく。第2ラウンドから、京太郎さんがすでに優勢なのはなんとなくわかる。第3ラウンド、京太郎さんの右ストレートがラデフの動きを止める。そこで攻めるかと思いきや、京太郎さんは構えをとりなおし、ラデフももちなおす。

この試合、そういう場面が幾度かあった。第4ラウンドでも、京太郎さんがラデフをロープに追いつめコンビネーションパンチを打ちこみ、ああ、ここからラッシュだ！　と思うが、ラデフが逃げ切る。第6ラウンドでは、京太郎さんが一瞬の油断をした（かに見えた）その隙《すき》をラデフが捉《とら》え、追いこむ場面もあった。

結局、幾度か「ここで仕留めるか？」という場面を見せながら、ラデフがその巨体でひょいひょいとよけ続けて第8ラウンド終了、判定となる。2者が79対74。1者が80対73で、京太郎さんの圧勝である。

そして、いよいよメインイベント、湯場忠志選手の入場である。

私がボクシングを見にいくのは、特定のだれかを応援するというよりも、その試合を見たいという気持ちのほうが大きい。だからほんの数人以外は名前も覚えられず、その人の試合ならかならずいく、ということがあんまりない。湯場選手は例外で、ずいぶん前から試合を見ていて、湯場選手の試合があるとわかればカレンダーにしるしを入れ、仕事が入らないかぎりはずっと見てきた。個人的に応援している数少ない選手のひとりなのである。

そもそも、友人が湯場選手のファンで、誘われて試合を見にいったのが最初である。とはいえこのときすでに湯場選手は日本ライト級・スーパーライト級・ウェルター級と3階級を制覇していた。はじめて私が見た試合は、スーパーウェルター級の日本・OPBFの王座を賭《か》けた、チャーリー太田《おおた》との試合である。湯場選手の戦歴からいえば、ごくごく最近ということになる。このときはTKO負けしたが、なぜか試合に惹《ひ》かれた。その次、ミドル級で胡朋宏《えびすともひろ》選手との試合も見にいき、TKO勝ちに興奮した。

この選手の試合の魅力は、私にとってわかりやすさであるように思う。スタイルがうつくしくて、見苦しい（私には非常に見づらい）ことにはめったにならない。ときおり、クリンチとホールドがくり返される試合に巻きこまれることがあっても、なんとか自分の距離をとり、自分の試合をしようとする。ジャブやフックといったパンチがやっぱりきれいでわかりやすい。幾度観戦しても観戦素人《しろうと》の域を出ない私にも、フィニッシュブローをものすごくみごとに見せてくれたりする。

そして勝ったときは、無敵の強さだと思わせるのに、ときおり早い段階でKO負けすることもあって、そんなとき、見ているこちらは失望するのではなくて、「いったい何があったんだ」となぜか逆に熱くなってしまう。そうさせてしまうのも、この選手の魅力なのだろうなあと思う。

そのときから、湯場選手はさらにミドル級、スーパーウェルター級も制覇した。前々回、細川貴之《ほそかわたかゆき》選手に判定負けしたときは、これで引退してしまうのではないかと危ぶんだが、前回のフィリピン人選手との対戦ではみごとKO勝ちした。

今回の対戦相手、デニス・ローレンテ選手に勝てば、OPBFの王座を獲得することになる。2人とも37歳のベテラン同士の対戦である。

第1ラウンドがはじまる。お互い相手の様子を見ながら、慎重にパンチを出していくのだが、ローレンテが放った右ジャブに驚いた。湯場のほうが10センチ近くも背が高く、リーチの差がずいぶんあるのに、ローレンテの腕が、にゅいん！　と伸びたかと錯覚するほどにパンチが接近してくるのである。湯場は脚を使って自分の距離をとり続けるが、その「にゅいん」パンチが執拗《しつよう》に攻めていく。

第3ラウンドで、湯場のワンツーが華麗に相手を追いこめていって歓声が沸くが、またしてもマジックのようにローレンテの伸びるパンチが湯場の腹を打ち、その動きを止めさせる。それにしても、この日の湯場選手もうつくしい。ローレンテもきっちりとした崩さないボクシングで、見ていてすがすがしい。

第4ラウンドでフック（たぶん）をもらい、キャンバスに膝《ひざ》をついた湯場だが、ボックスの合図が出ると猛然と相手に向かっていく。腹を連打しロープに追いこみ、コンビネーションを決めて、ラッシュにいくかと思いきや、またしても相手のパンチがその勢いを制し、反対に湯場を追い詰めていく。ここまでの採点では、3者ともにローレンテを優勢とした。

第5ラウンドは、サウスポーの選手同士、右ジャブの出し合いになった。このラウンド終了後、両者ともに右目の上をカットする。湯場の調子が悪いとは思わないけれど、でもなんだか、赤のパンチがより速く、より的確に相手を捉《とら》えている。どきどきする。いや、でも、最後まで何があるのかわからないと自分に言い聞かせる。

第6ラウンド。湯場はしきりに右ジャブで距離を測っているように見える。そこからあのすごい左ストレートが飛ぶぞ！　と、否《いや》が応《おう》でも期待してしまう。私は何度か、湯場がこの、撫《な》でるような右ジャブから、まったくのノーモーションで左ストレートを炸裂《さくれつ》させるのを見ていて、その都度、なんとうつくしいパンチなのかと見惚《みと》れてきたのである。劣勢に見える今回も、それが見られるのではないかと前のめりになってしまう。

けれどもローレンテが襲いかかるように湯場に飛びこんでいき、私からはローレンテとレフェリーの背しか見えないながら、湯場がコーナーを背負って頽《くずお》れるのが、彼らの背の隙間から見えた。なんのパンチが最終的に湯場をキャンバスに沈めたのかはわからない。何が起こったのかよくわからないまま、レフェリーが試合を中止し、ゴングが鳴り響くのを聞いた。

湯場選手の試合は、勝ちでも負けでも毎回華《はな》がある。その華は、品と言い換えてもいいと思う。私はこの選手の試合を見てはじめて、ボクシングは粗暴で凶暴で強気なだけのスポーツではないと知った。もちろん粗暴で凶暴で強気なだけでもおもしろいのだが、それだけではなくて、もっと気品にあふれた、洗練された戦いであると知って、ますます興味を持つようになったのだと思う。

負けたけれど、見ていてものすごく気持ちのいい試合だった。ローレンテは本当に強かった。こんなふうな感想を抱かせてくれる湯場選手は、やっぱりすごいと思う。

すごいものを見た！

12月の最後の3日間、毎年私は掃除に明け暮れている。井上尚弥《いのうえなおや》選手の試合が（2014年）12月30日だと聞いても、見にいこうとは思わなかった。だって掃除があるし。年の瀬だし。

でもだんだん、だんだん、だんだん見たくなってくる。テレビ放映はされるけれど、生で見ないといけないような気がしてくる。掃除なんかしている場合ではないように思えてくる。そうして試合の2週間ほど前に、エイヤッとチケットを買った。

そうして年の瀬の30日、大掃除を途中でやめていそいそと東京体育館に向かったのである。

座席に着くと、松本亮《まつもとりょう》選手の試合が終わるところだった。年の瀬なのにアリーナ席はすでにほぼ満席。

ホルヘ・リナレス選手とハビエル・プリエト選手、WBC世界ライト級王座決定戦の試合がはじまる。第1ラウンドはどちらも様子を見るように大きな動きがなく、第2ラウンドから打ち合いがはじまる。なんとなくこの試合は長引くんだろうなと思って眺めていたら、第4ラウンド、リナレスの右をもらったプリエトがダウンした。いきなりだった。あれま、と思っているうちに試合終了。気持ちのいい終わりかただった。

次は村田諒太《むらたりょうた》選手とジェシー・ニックロウ選手の対戦。ニックロウという人の入れ墨だらけの体を見て、そういえばアメリカ人選手の試合を私はあんまり見たことないと気づく。

序盤から、村田のパンチは的確で、顔を覆うような相手のブロックを幾度か崩す。近距離になると自分の距離をとって打つ。第5ラウンド、ニックロウの頭がぶつかり村田が左目のあたりをカットする。

ラウンドが重なるごとに、村田の力量が上まわっていることがわかるし、強いパンチも入っているのに、なかなかニックロウを倒せない。パンチをもろに受けて相手の動きがふっと止まり、そこから猛打にいきそうでいかない。

第7ラウンド、第8ラウンドでのニックロウの挑発（ヘイ、カモン！　的ポーズ）がものすごい。カモンと言っているのだから突っ込んでいけばいいのにと、ついいらいらしてしまう。第9ラウンドでもラストラウンドでもすばやいコンビネーションで攻めまくるも、やっぱり相手は倒れず。そのまま試合終了。

判定は、１００対91が1者、１００対90が2者。圧倒的勝利。圧倒的なのになんで倒せなかったのか、と思っていたら、試合後のインタビューで、10回まで戦うことができて合格点を出したい、と自分で言っていたから、選手本人にとっては余裕の練習みたいなものだったのかもしれない。

八重樫東《やえがしあきら》選手とペドロ・ゲバラ選手の試合。前回の試合でみんなを泣かせた八重樫は、この日も大人気である。控え室を出て通路を歩く八重樫の姿が、スクリーンに映し出される。ローマン・ゴンサレス選手との試合を思い出して思わず泣きそうになる。

ＷＢＣ世界ライトフライ級王座決定戦。勝てばチャンピオンになるのか。あの試合のあとに、そんな試合に挑むなんてすごいなあ。

第1ラウンドから両者とも前に出て打ち合い。第2ラウンドでは有効打によりゲバラが右目をカットする。

八重樫は素早く相手のふところにもぐり今度はボディを打ち、同じ素早さで距離をとってパンチするが、ゲバラもそれに合わせて打ってくる。打たれても八重樫はなかに入っては打つも、そのタイミングに合わせて相手も打つ。うーん、はらはらする。第4ラウンド終了後のジャッジは、2者が八重樫、1者がゲバラとアナウンスされ、ほっとするも、なんとその後すぐ、2者は八重樫ではなくゲバラという訂正が入る。訂正って、ちょっとひどくないか。

そうして第7ラウンド、ゲバラの左のボディフックで八重樫が沈む。ああ！　と思わず声が出る。負けてしまったけれど、でも次の試合も応援します。

いよいよメインイベント、井上尚弥選手の登場である。選手入場前、スクリーンに両選手のビデオが流れるのだが、それを見て仰天した。対戦相手のオマール・ナルバエスという選手はスーパーフライ級王座を11度も防衛しているチャンピオン。最初に世界チャンピオンになった2002年からずっとチャンピオン。こんなすごい人と戦うのか！

試合開始のゴングが鳴る。

はじまってほんの数十秒。ナルバエスがすとんとキャンバスに腰をつく。えっ、何が起きたの？　と思う間もなく、試合再開直後、井上がすぐさま襲いかかる。容赦なくパンチを連続させて、またしてもナルバエスがダウンする。おお！　というより、ええっ？　と声が出てしまう。それでもナルバエスは立つ。けれどももう、戦意喪失しているのが見てわかる。ボックスの合図とともにまたしても井上が攻撃をはじめる。もう一度ダウンをとるか、それともこのままノックアウトしてしまうか、というところで第1ラウンド終了のゴングが鳴り響く。

なんなんだ、これ。見ていながら、何が起きているのかまったくわからない。

第2ラウンド開始のゴングが鳴る。井上は様子を見るなんてことをせず、突っ込んでいく。ナルバエスもインターバルでなんとか持ちなおしたのか、パンチを出す。ようやく試合らしくなるのかと思ったその瞬間、ナルバエスがまたしてもダウン。それでも立つ。立ったナルバエスに猛然と井上は向かっていき、ボディを打ちこむ。そのまま沈むナルバエスを見て、思わず立ち上がってしまう。これで終わりだ、もう立てないだろう。客席の多

2014年12月30日、井上尚弥（右）はダウン未経験で2階級制覇の古豪オマール・ナルバエスを4度倒し、2回KO勝ちで2階級制覇を達成した。

くの人もそう感じたのだろう、ほぼ全員が立っている。ナルバエスはやはり立てない。試合終了のゴングが鳴り響き、歓声が上がる。

私も立ち上がって思わず叫んでしまったけれど、でも実際のところ、今目にしたものがなんだったのか、まるでわからなかった。この原稿を書くためにノートを広げていたのだけれど、「い」と一言書いてあるきりで、メモするひまなく終わってしまった。しかもパンチが速すぎて、なんのパンチでナルバエスがダウンし、なんのパンチで仕留められたのか、ぜんぜんわからなかった。スクリーンにスローモーションが流れてようやく理解するのがせいぜいだ。

なんなんだ、なんなんだ今のはいったい。何もわからないながら、なんだかすごいものを見た、ということだけわかる。いや、本当にすごいものを見た。大掃除なんてしなくてよかった。こんなすごいものを、生で見ることができてよかった！　会場を出て、帰りの電車でも興奮がおさまらない。

そういえば、井上選手がはじめて世界チャンピオンになったとき、老いて自慢しようと私は決めたのだった。若い人たちに、私は井上の世界戦を生で見たのだと得意満面で話そうと。なんてことだ、今日のことも大いに自慢できてしまうではないか。

ところで、この30日の試合も、大晦日《おおみそか》31日の試合も、テレビ放映された。31日は、東京と大阪での試合が放映された。

31日、しっかり大掃除を終え年越し蕎麦《そば》の用意をして、私はテレビと向き合い、まずはじまった大阪での試合を見、それから田口良一《たぐちりょういち》選手の戦う大田区総合体育館にチャンネルを変えて見た。

少し前まで、大晦日に放映されているのは総合格闘技だった。あまり興味のない私は、見たいテレビがなくて大晦日は退屈だった。それが今や、こんなにたくさんボクシングが放送されている。そのことにあらためて気づいて、びっくりする。

少しのあいだ人気の低迷していたボクシングが、またしてもメジャーなものになったのは、それまでには感じられなかったドラマが、それぞれの試合に感じられるからだろう。強い選手がさらに強い選手に本気で挑んでいく、そういう姿から生まれる数々のドラマが。

そうして、これからももっともっと人気が出て、ボクシングはさらにおもしろくなっていくだろうと、2日間の試合を見て思ったのだった。なんてうれしいことだろう。

今日でよかった

北海道のアスパラガスを1キロ取り寄せたその翌日、友人が「北海道の親戚からもらった」と大量のアスパラガスのお裾分《すそわ》けをくれ、さらにその翌日、べつの友人が「たしか好きだったよね」と箱入りのアスパラガスを送ってくれて、私の家の冷蔵庫はアスパラガスの満員電車状態だ。

せめて2週間、いや、1週間でも、ばらけてくれればいいのに、重なってしまう、ということが現実には多い。アスパラガス同様、2015年春の世界戦がそうだ。

4月16日に大阪で山中慎介《やまなかしんすけ》選手、4月22日も大阪、高山勝成《たかやまかつなり》、井岡一翔《いおかかずと》選手、5月1日には東京で三浦隆司《みうらたかし》選手のタイトルマッチがあった。村田諒太《むらたりょうた》、八重樫東《やえがしあきら》選手の試合も1

日。ゴールデンウィークには世紀の対決、メイウェザーとパッキャオの試合。連休最終日には、田口良一《たぐちりょういち》、内山高志《うちやまたかし》選手の試合。連休前には粟生隆寛《あおうたかひろ》選手もアメリカで王座決定戦に挑戦していた。

なんだこの、盆とクリスマスと誕生日と正月とひな祭りと端午《たんご》の節句がいっぺんにやってきたような騒ぎは。テレビ観戦もいいけれど、時間と財布に余裕があるなら、生の試合を見たいと思う私の心は千々に乱れた。山中も見たい、この週はなぜかこの日だけ空いている。判定負けの試合しか見ていない井岡を見にいこうか、いやいややっぱり八重樫を応援しにいくべきか。見たいものがありすぎる！　もっとばらけてくれればよかったではないか。

迷いに迷って私が買ったのは5月6日のチケットである。生の試合で見たことがないのは三浦と内山。三浦戦も見たいけれど、内山の試合も一度見てみたい。という結論である。

まったくありがたいことに大阪も東京も、試合がテレビ中継された。私はテレビの前で観戦しながら、山中のKOや八重樫の勝利を見るにつけ、「ああ、やっぱり今日見にいけばよかった！」と地団駄を踏んだ。

そして5月6日。ふだんほとんどいくことがないせいで、果てしなく遠い地に思われる蒲田《かまた》に向かう。

私が着いたときは、ライトフライ級8回戦の試合後半だった。その後、WBO女子世界ミニフライ級タイトルマッチ。互角に戦っているように見えて、勝敗がどうなるかたのしみだったのだけれど、第7ラウンド、偶然のバッティングで両者がカットした。傷が深いとのことで試合終了。どちらの選手もやりきったという感じがしないだろうなあ。

続いて田口良一とクワンタイ・シスモーゼンのWBA世界ライトフライ級タイトルマッチである。去年（2014年）の大晦日《おおみそか》、タイトルマッチをテレビで見ていた。田口は判定勝ちして世界王者となったけれど、私の勝手な印象としては、なんとなくまだ頼りなく見えた。だから今日のこの試合、だいじょうぶだろうかとちょっと思っていた。

けれど第1ラウンドがはじまってしばらくして、この人なんか変わった、と思った。距離のとりかたが巧《うま》い。第2ラウンドで、いや、なんか変わったじゃない、すごく変わった、と思いなおした。相手選手の繰り出すパンチをおもしろいように避《よ》けて、避けつつ距離をとり、リズミカルにパンチを出していく。相手を誘い出して右フック、相手はダウンし会場が沸く。相手が立ち上がるのと同時にラウンド終了のゴング。

第3、第4ラウンドでも田口のリズムは一向に乱れることがない。ウィービングとダッキングで相手のパンチを避けるその動きの無駄のなさ、うつくしさに、見惚《みと》れるほどである。ぜったいに相手を近づけず、自分の距離をとり、コンビネーションパンチを放つ。前に感じた頼りなさなんて微塵《みじん》もない。すごくすごく変わった。

チャンピオン、その人しか持ち得ない強さというのがあるのではないか。ボクシングを観戦するようになってそう思うようになった。通常の「強い」より、さらに一段上の、ぜったいに崩れず壊れない、それまでとは異なる強さを、人はチャンピオンになった瞬間に身にまとい、防衛を重ねていくにつれて、それをさらに強固な、非科学的ですらある力にしていくのではないか。そんなふうに思うことがときどきあるのだ。

この日、初防衛戦のこの選手を見て、やっぱりそのことを思った。チャンピオンになってこの人はきっと今までとは違うものを身につけたんだ。

身につけた、ということは、背負った、ということでもある。背負い続けていくのもまた、途方もないことなのだろう。

などと考えていると、第5ラウンドでもまたしても田口がダウンをとった。相手が立ち上がり、田口がラッシュを仕掛けにいくもまたゴング。

なんと、この後、第6ラウンド、第7ラウンドもまったく同じ展開になった。残り10秒の拍子木が鳴った後に相手はダウンし、ゴングに救われる。第7ラウンド、4回目のときには私は思わず「キーッ」と叫んでしまった。

第8ラウンドで、もう決めるとばかり田口は猛攻撃に出て連打、ダウンしたクワンタイは立ち上がろうとするが、レフェリーが試合を止めた。歓喜より深い安堵《あんど》を覚える。もし5回目のダウン、直後にまたゴングだったら私は発狂していたかもしれない。

そしていよいよメインイベント。内山選手とジョムトーン・チューワッタナ選手が入場し、両国の国歌が流れる。そして20時、いよいよ試合開始。

2人とも、パンチがものすごく速い。たがいに様子を見ることなく打ち合いがはじまる。そのさなか、今まで聞いたことのない音が響いているのに気づいた。それが、内山のパンチだとわかるのにしばらくかかった。すごい音だなと思うやいなや、もうジョムトーンがロープ際に追い詰められている。けれどもどのパンチがきっかけで、なぜこんなに速くこの展開になっているのか、私の目はとらえ切れていない。ジョムトーンもパンチを出してはいるが、何か、急に気持ちがくじけたように見える。内山のパンチの、異様な音が響き続ける。

ボッ！　という、強い重低音である。ほかのどんな試合でも、こんな音は聞いたことがない。パンチはどんなに重くてもどんなに強くても、パン！　と響く。高低や強弱の差はあれど、こんな、会場が着火するかのような「ボッ！」という音なんてはじめてだ。そして、内山の動きがまったくわからない。目の前にいるのにとらえられない。相手のパンチを後ろによけながらも、前にパンチを出していて、そのパンチがみごとに入っているようなのだ。どんなふうな体の動きなのか、力点がどこに置かれているのか、まったくわからない。歓声よりよほど大きく響く不気味なパンチ音に、私はだんだんこわくなる。

第1ラウンド終了のゴングが鳴り響いて、はっとした。短い！　3分が驚くほど短い。

1ラウンド2分の女子の試合より短いように感じられる。

第2ラウンド。さっき気持ちがくじけたように見えたのは錯覚だったかと思うくらい、ジョムトーンは果敢に出てくる。2人ともパンチも速いしフットワークも軽いから、ちょっとよそ見したときに大展開が起きてしまうぞ、と気を引き締めたとたん、ジョムトーンがキャンバスに倒れた。

ええっ、なんだったのなんだったのなんだったの、と思わず叫んでしまう。

私の席からは内山の背中しか見えず、いったいなんのパンチがフィニッシュを決めたのかまったくわからなかった。けれど体をくの字にして折れたのではなく、頭から後ろに倒れていったから、ストレートかフックだろう。いや弧を描く腕は見えなかったからきっとストレート。

会場は沸きに沸いている。出口が混み合わないうちに、勝利者インタビューも聞かずに私は会場をあとにした。

それにしてもあの音。なかなか忘れられない。内山のパンチってどのくらいの強度なのだろうと、空恐ろしくなる。やっぱり今日きてよかった。今日この試合を見てよかった。あのすさまじいパンチの音を聞けてよかった。

体育館の外に出て駅に向かう。私の前を3人組の男の子が、試合のパンフレットを手に無言で歩いている。そして彼らは、会場からいちばん近いラーメン屋の前を通りかかったとき、声を掛け合うことなく、何かに取り憑《つ》かれたように、すーっと店に吸いこまれていった。なんとなく私には彼らの気持ちがわかった。すごいものを見てしまって、話すこともできず、でも急激に空腹を覚えて、動物的に吸い寄せられていったのだろう。そしてあの3人は言葉も交わさず、今見た試合を反芻《はんすう》しながらラーメンを勢いよく食べ、おなかいっぱいになってようやく目を合わせ、言うのだ。いや、すごかったな内山。

倒れない人たちもまた

内藤律樹《ないとうりつき》選手の試合は、2013年のVS.泉圭依知《いずみけいいち》選手の試合から見ている。一試合ごとに、どんどん強くなっていく印象があって、試合があるなら見たいと思う選手のひとりである。

2015年6月8日、後楽園ホール。第1試合から観戦していたが、第2試合がすでに見応《みごた》えがあった。スーパーフライ級6回戦。5戦5勝5KOという戦績の比嘉大吾《ひがだいご》選手が、早くも第2ラウンドで対戦相手からダウンを奪って勝利した。ってことは、戦績は6戦6勝6KOになるではないか。強い！

続く第3試合、スーパーバンタム級8回戦もすばらしい試合だった。久我勇作《くがゆうさく》という若い選手をはじめて見るけれど、無駄のないきれいな動きだなあと思っていたら、第2ラウンドでまたしても相手選手を倒してしまった。

第4試合、ウェルター級8回戦がはじまる前には客席がほとんど埋まっている。KO、TKOと続いた試合に興奮して、いつもとは違う熱気が会場じゅうにみなぎっている。

第4試合の斉藤幸伸丸《さいとうこうしんまる》選手は36歳、4戦4勝無敗の越川孝紀《こしかわこうき》選手は24歳と、ひとまわりも年齢が違う。こういうとき、私はつい、年長者のほうが不利なのだろうと思ってしまうけれど、そうとも言い切れないと試合がはじまって知らされた。ラウンドが重なっていくにつれて、斉藤選手の安定した巧《うま》さがどんどん目立ってくる。越川選手も負けておらず果敢にパンチを放つけれど、斉藤の巧みさに翻弄《ほんろう》されている感じ。

この試合はKOではないけれどものすごく盛り上がった。両者ともに引かずに打ち合い、最終ラウンドの最後の1秒まで全力で戦い抜いた。見ているこちらまで汗をかきそうな、見応えのあるすばらしい試合だった。会場も興奮に満ちている。圧倒的な点差で斉藤の判定勝ち。

そうしてセミファイナル、OPBFフライ級タイトルマッチである。王者である江藤光《えとうこう》喜《き》選手に、OPBF14位の福本雄基《ふくもとゆうき》選手が挑戦する。

第1ラウンド、福本のフックで王者がぐらりとよろけ、会場にざわめきが起こる。すぐさま江藤は持ちなおし試合続行。そして第2ラウンド、今度は江藤が右を放ってぐらり返し。福本は「効いてない」のジェスチャーを見せる。

どちらも打ち合い続けるが、なんとなく福本のパンチのほうがより入っているように見える。福本の、下から突っ込んでいくような、えぐり取るようなパンチが江藤をとらえていく。けれど、パンチを受けロープを背負う江藤が、だんだん不気味に思えてくる。相手に打たせながら何かをじっと待っている、そんな不気味さだ。

第4ラウンド終了後の採点は、3者ともに38の同点。江藤はただ不気味に見えるのか、それとも何か狙《ねら》っているから不気味なのか、そこがよくわからない。

そして第6ラウンド、江藤がいきなり仕掛けてきて福本を追いこみ、ラッシュ。倒れそうで倒れない福本、なんとか攻防してこのラウンドは終了した。ああ、江藤が不気味だったのはやっぱり何かじわじわと狙っていたからだった。このラウンドでようやくわかった。しかもラッシュに持っていく、そのきっかけが独特で、見ている側にわかりづらいのも不気味さの一端を担っている。

続く第7ラウンドで江藤のパンチが福本をついにダウンさせる。が、福本は立ち上がり、「効いてない」ジェスチャー。第8ラウンド。仕留めに掛かるような江藤の右をもらって、福本はついにダウン。レフェリーが試合を止めた。

この試合で会場はさらに盛り上がった。驚くほど満員で、ホールがふくれあがって見える。

そしてメインイベント、内藤律樹選手と荒川仁人《あらかわにひと》選手のライト級10回戦。

はじまってすぐ、内藤の調子がなんだかすごくいいみたいだと思う。荒川もぜんぜん負けてはいないが、でも内藤は以前試合を見たときよりも迫力がある。私は赤コーナー側に座っていたので、ラウンド終了後、コーナーポストに戻る内藤の顔が見える。第3ラウンド終了後、戻ってくる内藤が笑っている。自分でも笑っているのに気づいていないような、たのしくてしかたないときに無意識に出てしまうような笑い顔だ。ああ、ほんとうに調子がいいのだなとその顔を見て思う。

第5ラウンド、みごとなアッパーを決め、ワンツーとつなげた内藤が完全に優勢になった。ところが第6ラウンドで荒川は攻めて攻めて攻めこんでくる。あ！　この人、倒れない人だ！　と去年見た試合を思い出す。荒川の、VS.近藤明広《こんどうあきひろ》戦。あのときの壮絶な殴り合いが浮かぶ。荒川選手は、倒れなかったし、殴り合えば殴り合うほど内側から力がみなぎってくるようだった。

第8ラウンドで荒川が内藤を追いこんでラッシュに持っていった。第7、第8は荒川が優勢に見えたが、第9ラウンド、今度は内藤が勢いを盛り返す。ここからがもうすごかった。クリンチをすることもなく両者ともパンチを出し続ける。ホールがものすごい騒ぎである。両者の名を呼び、叫び、腕を振り上げ、足踏みまで聞こえてくる。ぜったい負けない、引かない、という気持ちが、人間の体を借りて取っ組み合っているかのようだ。すごいすごいすごい。増していく両選手の気合いにつられて、ホールを破壊するような勢いで会場も盛り上がる。

ずいぶんと後楽園ホールには通ったけれど、観客全員がこんなに夢中になって、前のめりになって、足踏みまでしているのを見たことがない。こんな興奮に包まれたホールを見たことがない。

試合終了を告げるリングが鳴り響くまで、どちらも力を塵《ちり》ほども抜くことなく戦い続けた。歓声、歓声、また歓声。内藤選手の判定勝ちが告げられる。

この日はすごかった。全試合がそれぞれ異なるふうに盛り上がり、観客を惹《ひ》きつけた。どの試合も見応えがあり、帰り道は満ち足りた気分だった。

その2日後、6月10日。この日も私は後楽園ホールにいた。今いちばん試合を見たい選手、和氣慎吾《わけしんご》を見にきたのである。

この日のセミファイナルは天笠尚《あまがさひさし》選手とパトムシット・パトムポン選手（タイ）のフェザー級10回戦。第5ラウンドで天笠が腹にパンチを入れてパトムポンのダウンを奪うが、立ち上がったパトムポンを攻めきれないままラウンド終了。このパトムポンは気骨ある選手で、ぜんぜん倒れないばかりか第6ラウンドで「ヘイ、カモン！」の挑発ポーズののち、猛然と攻めてきた。天笠のほうが優勢だと見ていてわかるのだけれど、パトムポンのスタミナと闘志に敬服しつつ、最終回終了のゴングを聞いた。天笠の判定勝ち。いやー、しかし倒れない人だったなあ、パトムポン。

いよいよ、和氣慎吾選手とマイク・タワッチャイ選手（タイ）のＩＢＦ世界スーパーバンタム級指名挑戦者決定戦である。2014年2月に後楽園で試合を見て、圧倒された。感動したのである。以来、ずっと和氣選手の試合を見たいと願いつつ、今日までかなわなかった。

試合開始後、和氣が完全にペースを握ったのが第4ラウンド。ぶんぶん飛んでくるタワッチャイのパンチをリズミカルに避《よ》けてはさまざまな方向からパンチを打ちこんでいく。そのままラウンドは続くが、タワッチャイは倒れない。和氣が攻めあぐねているのか、タワッチャイがタフすぎるのか。いや、それとも個人的に何かの目的があって、全ラウンド戦うことを狙っているのだろうか。そういえば前日の計量時に「フルマークの判定で勝つ感覚」だと和氣が語ったとニュースで読んだ。

第10ラウンド、第11ラウンドに和氣が連打を決める場面があったけれども、タワッチャイは倒れないばかりか反撃してくる。最終ラウンドの最後の最後、ようやく和氣のパンチを受けたタワッチャイがキャンバスに膝《ひざ》をついたが、そこで試合終了ゴング。判定は和氣の圧勝。

それにしても、去年見て震え上がったオーラというかパワーというか勢いというか、そういうものが今日の和氣には感じられなかった。そういえば、なんだか今日は和氣のリーゼントが前よりちいさくなっている気がする……リーゼントをコンパクトにしたからあのギンギンしたオーラも薄くなってしまったのでは……いやいや、そんなことあるはずがない。馬鹿みたいなことを一瞬でも考えた自分を反省する。きっとそうだ、全ラウンド戦って判定で圧勝することを、実際に今日の和氣は自分に課していたのだろう。それで最後の最後に、ＫＯにならないよう慎重に時間配分を考えてダウンを奪ったのだとしたら、すごいな。すごすぎる。

応援していた選手の勝利はうれしいけれど、倒れない人たちも妙に印象深い両日のリングであった。

三者三様の実直

2015年8月20日。水道橋の駅を降りるとずいぶんと混んでいて、「おお、今日のホールは大賑《おおにぎ》わいだ」と思ったとたん、ソールドアウトで当日券なんてないかもしれない、とにわかに不安になり、小走りに歩道橋を渡る。前を歩いていた人たちは、途中で道を逸《そ》れていく。どうやらドームの野球観戦客で混雑していたらしい。なんだ、そうだったのか。当日券も無事買えた。

座席に着くと、第1試合がはじまったばかりである。スーパーフェザー級の4回戦。パンフレットをしまったり眼鏡を出したりと、ごそごそしているうちに試合が終わってしまってびっくりした。第2ラウンドで福田《ふくだ》慶太朗《けいたろう》という選手がTKOで勝った。この年の2

月にデビューしたばかりの選手である。

予定されていた第2試合が中止となり、2ラウンドのスパーリングが2組続く。その後、松本亮《まつもとりょう》選手とメキシコのルイス・メイ選手の、54kg契約ウェイト8回戦。パンフレットを見て気づいた。松本選手は14戦14勝なのか。

松本のほうがずっと背が高くリーチが長い。メイが打ちにいくも松本のワンツーで阻まれる。メイは下からもぐりこむようにパンチをぶんぶん出していく。大振りだけれど強そうなパンチである。松本はまったくペースを崩さず、上下ときれいに攻撃を続ける。第4ラウンドで打ち合う場面があったけれど、松本は表情ひとつ変わっていない。

そして第5ラウンド。約1分半ほど経過したとき、松本が何かパンチを決めたわけでもないのにメイが動きを止めた。顔を歪《ゆが》めてコーナーに戻っていく。何が起きたのかわからず、会場はざわついている。コーナーで、セコンドと通訳らしき人がしきりに話しかけるも、メイは顔を歪めたまま。

ローブローか？　でも松本がローブローを打ったようには見えなかったし、ローブローの痛さって思わず股間《こかん》をおさえてのたうちまわるようなものなのでは？　メイの痛がりようはなんだか違う。股間もおさえないし、ローブローだと訴えるジェスチャーもない。

事情もわからず、コーナーで松本もぽかんとしている。いっこうに試合を続行しようとしないので、レフェリーが念を押すように大声でカウントをはじめた。それでもメイは動かない。試合終了のゴングが鳴る。

なんだったのだろう。松本も消化不良だろうなあ。

勝利者インタビューのあと、メイ選手は右手首骨折の疑いがあるとアナウンスが流れた。そうか手首だったのか。尻切れトンボに終わってなんだか両選手とも気の毒である。

その次にまたスパーリングがある。原隆二《はらりゅうじ》選手と宮崎拳一《みやざきけんいち》選手のエキシビションマッチとのことだけれど、こんなにたくさんスパーリングを見せられてもなあ、とも思う。原隆二選手はまだ公表できないビッグマッチが内定している、とのこと。

そうしてようやくセミファイナル、八重樫東《やえがしあきら》選手とインドネシア、サイド・サイド選手のフライ級10回戦である。ライトフライ級に階級を変えた八重樫だが、今回の試合はフライ級なのか。しかし相手選手はインドネシアでライトフライ級6位とのこと。なんだかややこしい。

試合がはじまってすぐ、八重樫の動きが今まで見てきた試合よりずっとシャープだ、と思う。するどくて速い。見えない。いきなりボディに重い一発を入れられたサイドは両手を広げて効いてないと表明。嘘《うそ》だ、ぜったい今のは効いたはず。

おとうちゃーんがんばれー、と幼い声が会場から響き、あたたかい笑いが広がる。第2ラウンド、ペースはすでに八重樫のものだ。八重樫の、左ボディからアッパーへと突き上げるそのパンチがなんとうつくしいのだろう。八重樫のボディへのパンチで、またサイドは大きく腕を広げて効いてないとジェスチャー。いやもう、それは効いていると告白しているようなものじゃないか。

このラウンドはずっと八重樫が前へ前へと出て相手にプレッシャーをかけ続けている印象で終わった。

第3ラウンド。1分と少々経過した後、八重樫がみごとな右ストレート（フックかも）を放ち、サイドが仰向けにひっくり返った。そのまま起き上がることができない。ものすごいKO然としたKOである。しかし速すぎて、フィニッシュが右だったことしかわからない。

勝利者インタビューののち、八重樫選手の子どもたちがリングに上がる。登場した担架に乗ることなくコーナーに戻っていたサイドに、子どもを引き連れて八重樫が挨拶《あいさつ》にいく。サイドは八重樫と抱き合ったあと子どもたちの頬《ほお》にキスをしている。なんだかいい光景だと私は素直に感動していたのだが、「いやらしい男だなあ！」と背後からサイド選手に怒鳴る声が聞こえ、人の感じかたはさまざまだなあと思った。ともあれ、いい試合だった。これから世界へ挑戦していくと言ったこの選手の今後が、まだまだ私はたのしみだ。

メインイベントは、細野悟《ほそのさとし》選手と大坪《おおつぼ》タツヤ選手の日本フェザー級タイトルマッチである。これが3度目の防衛戦になる細野に、タイトル初挑戦の大坪タツヤという組み合わせである。

大坪側の応援がすごい。ものすごい大歓声で、試合開始のゴングの音が聞こえなかった。レフェリーにも聞こえなかったらしく、リングサイドの審判に言われて「ボックス！」の声がかかったのは残り2分55秒くらいのときである。大坪という選手はものすごく下からパンチを放つ。細野はアッパー、ボディと正確にパンチを入れ続けるが、大坪も引かない。第2ラウンドの後半ではげしい打ち合いになった。それでも細野のほうがずいぶん優勢に思え、この試合も早い段階で終わってしまうのではないかと思った。そうしたら今日は全試合TKOかKOということになる、試合を見ていた時間よりスパーリングを見ていたほうが長かった、なんてことになったりして。

第3、第4ラウンドと、細野が大坪にロープを背負わせて連打する場面があったが、大坪はどちらも持ちなおして応戦する。細野の打ったボディがずいぶん効いているのか、大坪は腹を打たせないようにしている。

第5ラウンド終了時の採点は、2者が49対46、1者が50対46で細野。

早い段階で終わるのでは、という予想に反して、試合は続いた。第7ラウンドで、大坪をロープに追い詰めた細野が猛ラッシュを仕掛けた。私の席から見える大坪の背中は、立てなおすことができず打たれるがままになっている。なんとかパンチを放つも細野をとらえきれない。ああ、これはもうだめだ、ここで終了だ、と思うが、そのラッシュ地獄から大坪は生還し、まだパンチを出している。客席からすさまじく大きな声援が轟《とどろ》いている。ところがまたコーナーに追い詰められ、大坪は細野の連打を受ける。もう手が出せない。打たれるがままだ。よく倒れないものだと見ていて感心してしまう。レフェリーが止めるか、青コーナーからタオルが飛ぶのではないかとはらはらと見ていたが、試合が止められることはなく、大坪も倒れることなく第7ラウンド終了。

次のラウンドで終わりじゃないかな、と思っていた。第7ラウンドはそのくらい細野の攻撃が激しかったのだ。けれど第8ラウンド開始とともにリング中央に出てきた大坪の目は、もう生気を取り戻している。1分で完全復活したかのように、また力強いパンチを出しはじめる。すごい。気持ちのものすごく強い選手なのだなあ。このラウンドでも細野は連打に持っていこうとしたけれど、大坪がうまくかわした。

第9ラウンド以降は急激に失速してしまった感じだ。細野はもう大坪の腹を狙《ねら》うこともなく、様子を見合うようなパンチの出し合いが続く。

結局、私の予想を裏切ってこの試合は判定へと持ちこまれた。99対91が2者、99対92が1者で、細野の圧勝。とはいえ、大坪も善戦したと思う。

ホールから駅までの道も野球から帰る人で混んでいる。この人たちは今日はドームで何を見たんだろう。今日の試合に何かミラクルはあったのだろうか。そんなことを思う。私が今日見た試合にミラクルはなかった。不本意だったろう松本の試合も、みごとKOで終えた八重樫の試合も、判定に持ちこんだ細野の試合も、ミラクルではなくて、ただ実直の延長上にあるものだった。見てよかった、と思い、そういえば、見てよかったと思わない試合なんて今までひとつもないなと気づく。

ブラッディ・マンデイ

２０１５年10月12日、３連休最後の月曜日。後楽園ホールに着くと、第１試合がはじまる前にもう混んでいる。今日のメインイベントを飾る拳四朗《けんしろう》選手の人気なのだろうか。

第２試合目、フライ級８回戦の藤北誠也《ふじきたせいや》選手と山口隼人《やまぐちはやと》選手は、第１ラウンドから激しい打ち合いをはじめた。第２ラウンドで山口が目の上をカットしたのだが、ラウンドが進むにつれて、出血がひどくなる。なのに打ち合いの激しさはまったく減じない。第８ラウンドで、レフェリーが試合を止め、山口の傷をコミッションドクターに診せ、試合続行不可能という指示が出た。試合結果は判定となる。

集中して試合を見ていても、この勝敗は私にはまったくわからなかったのだが、傷の深い山口の判定勝ち。会場はものすごい沸きようだ。

第3試合目は58kg契約ウェイト、8回戦で、林翔太《はやししょうた》選手と梅津宏治《うめつこうじ》選手の対戦。元日本王者の梅津選手の試合を見るのははじめてだけれど、39歳という年齢を見て、この人はずーっとこの曲をバックに入場してきて、何度も何度も闘ってきたのだろうなあと思う。

この試合も第3ラウンドで梅津が目をカットした。林がペースを崩さずパンチを当て続け、幾度か梅津にロープを背負わせてパンチを浴びせる場面があった。応戦する梅津は気力だけはあるが、出血もひどく、もうだめか、と幾度か思う。第7ラウンドで、またしてもコミッションドクターが梅津の傷をチェックする。試合続行が可か不可かの判断が出るより先に、青コーナー梅津側からタオルが投げこまれた。試合終了。

第4試合、51・5kg契約ウェイト8回戦。福本雄基《ふくもとゆうき》選手と大平真史《おおだいらまさし》選手の対戦である。試合がはじまってすぐ、大平の動きが独特であるのに気づく。予測できないようなステップで、上半身を自在に動かす。右パンチを出すときに、からかうようにぐるぐるまわす。福本のほうがパワフルに思うのだが、試合が進むにつれて大平の動きに苛《いら》ついているようだ。

この試合も第4ラウンドで福本が出血。なんだか流血試合の多い日である。と思っていると、レフェリーが2人を引き離す。福本がホールドか何かをしたようである。この試合のレフェリーはビニー・マーチン氏だったのだが、2人を引き離した際にギョローッと数秒、福本をにらみつけた。この目力を正面から見た私はあまりの迫力に震え上がった。

このあともマーチンが苛立ちをあらわにしながら、もつれ合う選手たちを引き離すことが続く。第4ラウンドでの心証がよくないのか、どうも福本に厳しい。なんだか私はもう2人の選手よりマーチンのことが気になって仕方なく、どうしても彼を目で追ってしまう。第6ラウンドでは苛立ちのマーチンから福本に減点1が出てしまう。

福本のほうが力量はあるように見えたのだけれど、大平の不思議な動きに翻弄《ほんろう》されたのか、判定結果は大平の勝ち。最後まで独自の動きのペースを崩さなかったところがすごい。しかしながら、なんだかこの試合は私にとってはマーチン劇場だった。

第5試合はスーパーウェルター級の8回戦、斉藤幸伸丸《さいとうこうしんまる》選手と下川原雄大《しもかわらたけひろ》選手の試合である。

下川原のほうが背が高くリーチも長い。けれど幸伸丸は下からすっともぐってパンチを突き上げ命中させていく。驚くほど素早い動きだ。第2ラウンドでまた下川原が出血。そういえば、6月の後楽園でも幸伸丸の試合を見たのだった。あのときも、安定した選手だと思っていたけれど、あのときよりさらにパワフル、さらに技巧的になったような気がする。

幸伸丸のパンチは次第に、どこから飛んでくるかわからなくなって、下川原が翻弄されはじめる。第4ラウンド、幸伸丸の左フックで下川原がダウン、立ち上がって試合再開されたのは残り30秒のとき。残り時間の少なさを気にせず幸伸丸はがんがんに攻めていき、ゴングと同時にまたもダウンを奪う。下川原は立ち上がり、1分のインターバルとなる。

第5ラウンド、幸伸丸が仕留めるかのように襲いかかってまたしてもダウンを奪い、試合ストップとなる。見応えのある試合だった。

セミファイナルはライト級8回戦、原田門戸《はらだもんど》選手と加藤善孝《かとうよしたか》選手の対戦。選手の名前をいっこうに覚えない私でも、この2選手の名前は覚えている。今日もこの試合が見たかったのだ。

序盤から原田の勢いがすごい。その勢いをまったく衰えさせないままラウンドは進み、だんだん、原田の姿が闘志というものを体現したかに見えてくる。そのくらい異様な気迫なのだ。第6ラウンドでようやく加藤がペースをつかみ前に出てくるが、それも原田に封じられてしまう。このラウンドで原田が目の上をカット。もれなく出血。

第7、第8ラウンドの激しさは、呼吸を忘れるほどだった。あいかわらず原田のパンチが速いし鋭いし的確だしすごいのだが、加藤の打たれ強さが見えてくる。原田が優勢なのだけれど、加藤って選手は本当に気持ちが強いと思ってしまうのだ。その第8ラウンドで、加藤が右のストレートで原田をダウンさせる。この一発で今までの試合をぜんぶひっくり返してしまうのかと、つい前のめりになる。しかし原田は立ち上がり、試合は再開される。

この両選手、すべてのラウンドの最後の1秒まで、全身全霊で闘っていて、瞬《まばた》きするのも躊躇《ちゅうちょ》するようなみごとな試合だった。判定は、3者とも原田門戸に軍配を上げた。勝利を知った原田が泣き崩れ、どれほどの死闘だったのかと、私も泣きそうになる。原田はたしかに強かった、けれども加藤の、目には見えない強さが妙に印象に残る試合だった。

メインイベントは拳四朗選手とロリー・スマルポン選手のWBCユース・ライトフライ

級王座決定戦。驚いたことに、このメインの試合時には客席はさっきの半分ほどが空いている。

プロデビューしてから4戦4勝（3KO）という拳四朗の戦績を見て、この試合もきっとそうそうに終わるだろうと思っていたら、第2ラウンドのスマルポンのパンチで拳四朗がまさかのダウン。彼が立ち上がるのと同時にゴングが鳴り、第2ラウンド終了である。もしかしたら本人も予想していなかったダウンかもしれないのに、第3ラウンドの拳四朗はまったく焦っていない。淡々と自分のペースを守っている。

スマルポンのほうがリーチが長く、なおかつ前のめりになってぶんぶんとパンチを振りまわして飛びこんでいく。のびのびパンチピストルという伸びる手のおもちゃがあるが、スマルポンのパンチはまさに高速のびのびパンチピストルみたいに、ヒュン！と伸びてきて、危なっかしい。

けれど、ラウンドが進むにつれて目立つのは、ピストルパンチではなく拳四朗のおそろしいくらいの冷静さである。第1ラウンドからペースどころか表情も変えず、距離をとって飛んでくるパンチを避《よ》け、ジャブを当てていく。上下さまざまに打ち出されるこのジャブが、じつにうつくしい。第4ラウンド後のジャッジは1者がスマルポンだったが、第8ラウンド後は3者ともだいぶ差をつけて拳四朗を優勢としている。その後の第9ラウンドで、判定結果に焦ったのか、スマルポンが例ののびのびパンチを四方八方から遮二無二出していく。ものすごい勢いであるが、ここで拳四朗のコンビネーションが入り、スマルポンはぐらりと動きを止めた。けれども追いこめずに最終ラウンドへ。スマルポンは目の上をカットしている。本当にぜんぶの試合が流血。

第10ラウンドも拳四朗が優勢なのはわかるのだが攻めきることができず、時間が経過していく。試合の終盤、レフェリーが試合を止めてジャッジ3者に何か告げている。反則の減点らしいが、なんの反則かわからない。レフェリーのジェスチャーで、ラビットパンチでも打ったのだろうかと推測する。アナウンスで、スマルポンがクリンチのときに拳四朗の耳を噛《か》んだので減点、と言っている。噛む！　客席からは見えなかったし、何もわからなかった。それより何より、噛まれたらしい拳四朗が、反則を示す大げさなジェスチャーをするわけでもなく、噛まれた様子などまったく見せずに最後まで闘っていたのが驚きだ。ちっとも動じていない。そのことに深く感心してしまう。

後日、スマルポンが噛んだのは耳ではなくて肩だとニュースで知った。なんで噛んじゃったんだろうな。

まさかの負傷判定

パンフレットをもらって座席についたとたん、第1試合がはじまった。ライトフライ級4回戦というアナウンスとゴングを聞きながらパンフレットを開き、ふと顔を上げてリングを見ると、ひとりの選手がぐらぐらとよろけながら倒れていく。会場じゅうがどよめく。

ええええっ？　何があったのかさっぱりわからない。1分もしないうちに試合終了。倒れたのは青コーナーの林周《はやししゅう》選手、勝ったのは赤コーナーの渡久地《とぐち》辰優《たつひろ》選手、ということしかわからなかった。こんなに早いTKOははじめて見た。

続く第2試合目、ウェルター級6回戦もあっという間に終わってしまった。タイ人ペッジャー・シットパーセーン選手対吉野修一郎《よしのしゅういちろう》選手。吉野選手はこれがデビュー戦ということだが、アマチュアとしてはかなりの実績を持っている。たしかに動きが安定している。タイ人選手はちょっと戦いづらそうだ、と思って見ていると、第3ラウンドで吉野が連打、ペッジャーがダウンする。立ち上がり、試合再開をするが、吉野のボディへの強打でまたしてもダウン、レフェリーが試合を止めた。

バンタム級8回戦の第3試合は、勅使河原弘晶《てしがわらひろあき》選手と濱田修士《はまだしゅうじ》選手の対戦である。

第2ラウンドで勅使河原が前に前にと出て圧をかけていく。勅使河原のほうがパンチが多い印象。第3ラウンドでは鼻血を出した濱田が反撃に出る。なんとなくこの両選手、闘い方が似ている。

第4ラウンド、リング中央で激しいパンチの応酬になり、客席も盛り上がる。このとき、勅使河原がすっと体を引いて流れを断ち切り、素早く前に出てみごとなコンビネーションパンチを入れた。鮮やかでうつくしい。

第6ラウンドでは濱田がなんだか疲れてきたみたいに見える。第7ラウンド開始早々、勅使河原の右で濱田が崩れ落ち、立ち上がるもののレフェリーが試合をストップさせた。開始14秒で試合終了。

この日はさくさくと試合が終わってしまう。この時点でまだ19時少し前。まだ第3試合が終わったばかりなのに、会場はほぼ満席。客席を見渡すとほとんどすべてが埋まっていて、圧迫感がある。

第4試合は、フィリピンのライアン・ビト選手と戸部《とべ》洋平《ようへい》選手の53kg契約ウェイト8回戦。

青いグローブの戸部が的確なジャブ、ワンツーで攻めていく。ところが第2ラウンドでビトの右をもらって戸部がふらつく。なんとか持ちこたえ、さらにまだ第2ラウンドと思えないほどの激しい打ち合いへと展開する。

戸部のきれいなフォームのボクシングとラフなビトが対照的である。戸部のパンチのほうが的確に相手を捉えているのだが、ビトは粘り強く応戦し続けている。このビトの、下から振りまわして相手をなぎ倒すようなパンチが見ているだけでこわい。

第4ラウンドではビトのパンチがもう出ず、第5ラウンドでは戸部が強烈な右アッパー、フックを叩《たた》きこみ、さすがにビトも追いこまれるのでは、と思うその直後に、ぶわんと左フックを放つ。

このビトの異様な粘り強さ、打たれ強さが、ラウンドが進むごとに目立ってくる。もうだめだと見ているこちらが思っても倒れず、倒れないばかりか倍の力でやり返してくる。そのビトのペースに巻きこまれることなく、戸部はリズムを崩さず脚を使って精度の高いパンチを入れていく。

第8ラウンドが終了し、試合は判定へ。79対74が1者、79対73が2者、圧倒的な点差で戸部の勝利だった。

セミファイナルは、伊藤雅雪《いとうまさゆき》選手と江藤伸悟《えとうしんご》選手のOPBFスーパーフェザー級タイトルマッチ。王者伊藤にとっての初防衛戦だ。どちらの選手も、今日のメインイベントに登場する内藤律樹《ないとうりつき》選手と対戦している。伊藤VS.内藤は2015年の2月だったから、まだ記憶にあたらしい。

試合開始。第3ラウンドまでは、伊藤のジャブが的確に江藤を捉《とら》えていくという印象。第3ラウンドで江藤がカウンターを決め、そこから持ちなおし、手数が増える。

第4ラウンド終了後のジャッジは、僅差《きんさ》で伊藤に軍配が上がる。

たしかに僅差のまま続く試合の流れが変わったのは第6ラウンドである。伊藤のストレートがみごとに決まり、そこから一気に伊藤が優勢になる。第8ラウンドでのジャッジでは、わずかだった差はかなり開いた。

第9ラウンドからもずっと伊藤のリードで続いた。とはいえ、江藤をなかなか攻めきれない。第10ラウンドでボディにパンチを入れて江藤の動きを止めるも、ダウンまではとれない。第11ラウンドでは伊藤が打ちにいくと江藤がクリンチ、という図が続き、江藤がいつダウンするかと息を呑《の》むも、持ちこたえている。

ラストラウンドではグロッキーに見えた江藤も意地で応戦し、最後のゴングが鳴るまでは双方力を振り絞ってのパンチの応酬。判定結果は、117対111が1者、118対111が2者。大差で伊藤の初防衛が決まった。

いよいよメインイベントである。会場はぎゅうぎゅうの満席、立ち見客までいる。日本スーパーフェザー級タイトルマッチ、王者内藤律樹選手と尾川堅一《おがわけんいち》選手の対戦。パンフレットを見ると、尾川選手のKO率が82%とある。17戦16勝（14KO）1敗、と数字で見るとKOが多いのだなという印象しか持たないが、パーセンテージで書かれるとそのすごさが実感できる。すごいな、82%って。

両選手入場。リングインした内藤を見てあっと思う。髪が短くなっている！　きれいなアフロを切ったのか。

第1ラウンド開始のゴングが鳴るのと同時に、尾川が走ってきてパンチを浴びせる。あまりに速くて見ている私も混乱する。猛獣か何かが飛び出してきたような勢いである。内藤もちょっとペースを乱されたのか、ジャブを出し続けているが、ペースはまだつかんでいないように見える。

ラウンド終盤、尾川のフックが内藤をとらえて、ロープ際で内藤がダウン、ほとんど同時にゴングが鳴った。まさかの展開に息を呑む。

第2ラウンドにダメージは持ち越すのではないかと思っていたが、1分半が過ぎるころ内藤はペースをつかみはじめ、第3ラウンドでは確実にペースをものにした。動きの柔軟さ、自在さでそれを見てとれる。尾川の、ひゅんと飛んでくるパンチをくらう場面も幾度かあったが、それで引くことなく、内藤は果敢に前へと出ていく。

ラウンドを重ねるにつれて、内藤が自分のボクシングに持っていくのが見ていてわかる。第5ラウンドでは内藤の、防御時の上半身の柔らかさに見とれるほどである。初回でダウンはとられたが、このまま回が進めばきっとおもしろくなる、と思ったとき、尾川が内藤の上半身に腕を巻きつけて腹を打つ。ペースを戻した内藤に焦ったのだろうか。レフェリーから注意を受けて試合は再開されるが、その直後、2人がガチコーン！と頭をぶつける。その瞬間をもろに見てしまい、あまりの衝撃の強さに「ううう—」と声が漏れる。内藤の額から大量の血が流れる。レフェリーは試合を止めて傷口をドクターに見せ、ドクターは試合中止を要請。負傷判定となった。結果、尾川選手の勝利。ずっと勝っていた内藤選手、いつかは負けるのだろうと思ってはいたけれど、それが今日だとは。しかも、こんな終わりかたの試合だとは。

もっと見たかった！というのが正直な気持ちだ。何しろ、これからどんな展開になるかわからない瀬戸際だったのだ。でももっともっとくやしいのは、戦いきれなかった選手だろう。前半、小気味よい試合が続いただけに、なんだかすっきりしない気分でホールを後にしたのだった。

本物の試合、本物の人気

私の購読している新聞で、ボクシング人気は本物だという記事が出ていた。この数年、大晦日《おおみそか》を含む年末のゴールデンタイムに、多くのボクシングマッチがテレビ放映されていることを指摘し、この人気は一過性のブームではなく本物だと書いてあった。

２０１５年も暮れようとしている12月29日。有明《ありあけ》という駅で降り立つと、ものすごい人がごった返していて、「さすが本物の人気」と私はうれしく思ったのだが、ほぼ全員、ボクシング観戦にやってきたのではなく、有明から帰っていくコミケのお客さんだったようだ。けれども17時過ぎに足を踏み入れた有明コロシアムも、超満員とはいかずとも、だいぶ席は埋まっている。ちょうどチャンピオン細野悟《ほそのさとし》選手と下田《しもだ》昭文《あきふみ》選手の、日本フェザー級タイトルマッチ、第4ラウンドの最中だった。この回での採点は、2者が細野を支持していたが、その後の試合を見ていると下田のほうがほんの少し優勢に見える。見えるのだが、回を重ねるごとに、試合は細野のペースになっていく。

第8ラウンドで下田がローブローで減点される。その後は細野が下田を追いこむ場面が増えるが、下田も果敢に応戦する。最終ラウンドでは、両者一歩も引かず、体力も気力も振り絞るようにしてパンチを出し続けた。

96対95で下田が1者。残る2者は97対92、96対93で細野。チャンピオンの防衛となった。

続いて、井上拓真《いのうえたくま》選手とフィリピンのレネ・ダッケル選手の、東洋太平洋スーパーフライ級タイトルマッチである。挑戦者のダッケルは同級1位。

試合開始直後、拓真が先に攻撃を仕掛けたのだが、その動きのキレに驚いた。以前見たときよりずっとキレがいい。さらに、パンチも重くなったように思う。第2ラウンド、第3ラウンドも、そのキレと重いパンチで前に出続け、ダッケルは防ぐので精一杯だ。

第4ラウンド終了後は、3者とも40対36の拓真圧勝、という見たままの採点だった。

次のラウンドで相手をKOして終わってしまうのではないか、と見ていた第5ラウンドだが、ガードばかりしていたダッケルが前に出てきた。矢のようなパンチである。第6、第7ラウンドになるとダッケルが反撃に出て、7ラウンド目ではフックで拓真をぐらつかせる。拓真もすぐに立ちなおり攻めてはいくのだが、どうにも攻めきれない、という印象を抱いてしまう。試合開始直後の、「うわっ」というキレと重さが、そのまま少しずつ勢いを弱めてしまったように思う。それよりも、反撃に出たダッケルの、竹刀《しない》みたいにまっすぐなパンチに目がいってしまう。

ラウンドは進むが試合にあまり展開がなく、自然と気がゆるみ、明日の掃除はどこからしようか……買いものは何時にいこうか……と、つい年末のことを考えている。そんな私に、ちゃんと見ろ！　とでも言うかのように拓真が強烈な左フックを放ち、ダッケルがダウン。第12ラウンドである。ダッケルは立ち上がり、試合は終了とならず。このあとの拓真選手は、そのパンチのひとつひとつ、動きひとつひとつが、KOKOKOと叫んでいるかのように見える。焦りすぎに見える。

試合終了のゴングが響くと、だれもが勝利を疑わないなか、拓真は思いきり顔をしかめた。「倒せなかった！」という声が聞こえてくるかのようだった。当然ながら、大差で拓真選手の勝利。

この日はSOIL & "PIMP" SESSIONS、AK-69、ももいろクローバーZのライブがあった。

驚いたのは、ももクロのライブがはじまるや、客席の少なくない人数が立ち上がり、5色のペンライトを振りまわして踊りはじめたこと。ももクロというグループを見るのが私ははじめてだったが、メンバー5人には担当色があって、ファンの人は好きなメンバーの色のペンライトを持つらしい、と学んだ。立ち上がって全身で踊るももクロファンに圧倒され、会場じゅうを見渡していると、私の周囲の観客も、同じようにぽかんと口を開けて首をまわしている。その様子がひじょうにおもしろかった。

いよいよセミファイナル、IBF世界ライトフライ級タイトルマッチ。チャンピオンはメキシコのハビエル・メンドサ選手。挑戦者は八重樫東《やえがしあきら》選手。八重樫が勝てば、3階級制覇ということになる。

試合開始。八重樫がメンドサの腹を数回打つ。動きが軽快で自在。八重樫のパンチは奥からひゅっと伸びてくるようだ。それにたいしてメンドサは上から振り下ろすようなパンチを放つ。

第2、第3と続くラウンドを見ていると、八重樫の自在な動きに見とれてしまう。メンドサはじゅうぶんに強く、派手なものから地味なものまでパンチをあてていくのだが、八重樫は軽業のように距離をとり、パンチを避《よ》けつつパンチを放っている。第3ラウンドでは早くも激しい打ち合いとなって、会場もさっきのものもクロくらい盛り上がる。八重樫はパンチをもらいながらも前に出て執拗《しつよう》に腹を打つ。

第5ラウンド、八重樫の有効打でメンドサが目の上をカットする。私はずっと、八重樫はラフなボクシングをすると思っていたけれど、このラウンドを見ていて、なんてうつくしい動きをする選手なのだろうと思った。それにしても、ラウンドを重ねても見ていて飽きない。メンドサが打てば八重樫が打ち返し、八重樫が打てばメンドサが反撃に出る。たがいに、体と気持ちのぜんぶで相手に向かっていって、引かずにぶつかり合う。

第10ラウンド以降、自在だと最初に思った八重樫の動きはリミッターを外したみたいに自由になる。対してメンドサは、体のどこかにスイッチがあり、それをオンに入れたみたいに激しくパンチを出し続けている。第11ラウンド、メンドサは、ただスイッチがオンになっているから動いているだけ、のようにも見えた。パンチは絶え間なく出し続けているが、八重樫に翻弄《ほんろう》されている感じ。そして、顔を腫《は》らした八重樫は、なんだかたのしそう。笑っているわけでもないのに、たのしいんだという感じが2階席まで伝わってくる。

最終ラウンドでも、スイッチオンのまま動くだけのメンドサを、八重樫が追い詰めていく。試合終了まで20秒ほどのとき、八重樫の右がついにメンドサをとらえ、メンドサのスイッチがオフになったのが見てとれた。メンドサのセコンドも投げこむためのタオルを手にしたのが見えた。そこで試合終了のゴング。採点は八重樫の圧勝。両手を挙げ咆哮《ほうこう》するような八重樫を見ていたら、思わず落涙した。この人の試合は、本当に魅《み》せる。相手選手が八重樫に近づき、敬意を表するようにその片腕をつかみ、高々と挙げた。この、試合後のすがすがしさも、この選手特有のものだ。

そしてメインイベント、チャンピオン井上尚弥《なおや》選手と、同級1位、フィリピンのワルリト・パレナス選手のＷＢＯ世界スーパーフライ級タイトルマッチである。

たしか去年は、原稿を書くためにメモを取っていて、「い」と書きつけただけで尚弥選手の試合は終わってしまったのだった。今年も何があるかわからないから、トイレなんてもってのほか、瞬《まばた》きもできるだけしないようにしよう。

尚弥のパンチから試合ははじまった。すごい。速い。1年ぶりだからそう思うのか、それともさらに速くなったのか。そのパンチを受けたパレナスは両手を広げて「効いてない」ポーズ。え、ほんと？　ならば5ラウンドくらい見られるだろうか、などと考えていた第2ラウンド。まったくパンチを受けないまま尚弥が踏みこみ、パレナスがずさりと倒れた。何が起きたのかわからない。またしても速すぎて見えなかった。ガードの上から打った尚弥の右フックで終わったと、あとから知った。開いたままのノートを見ると、「効いてないポーズは負けますよ」とだけ、書いてあった。昨今、挑発ポーズをする選手が負けるのを連続して見ていたからだが、それにしても、またしても井上の動きには1文字も追いつけなかったのか……。ともあれ、今、この選手の試合を見られるって、ものすごい幸運な時代にいるんだなと実感する。

タオル三昧

２０１６年１月に、誘われて後楽園ホールにいった。ボクシングではなく、プロレスを見るためである。ボクシング以外の興行を後楽園ホールで見るのははじめてのことだった。ボクシングのときと、後楽園ホールがあまりにも違うのでびっくりした。なんというか、全体的に華やかなのだ。女の子が多くて、グッズ売り場も広くて、会場も明るい。後楽園ホールというと「昭和」というイメージなのだが、この日ばかりは「平成」仕様になっていて、ちょっと緊張したほどだ。

２月17日、あのきらびやかなホールが昭和のホールに戻っていて、ちょっとほっとしつつ席に着く。第１試合はデビュー戦の橘《たちばな》ジョージ選手と森田陽《もりたあきら》選手のライト級４回戦。第

2試合は日本ライト級6位の山田智也《やまだともや》選手と野口将志《のぐちまさし》選手の8回戦。2試合とも判定。

3試合目、急におもしろくなった。

日本スーパーバンタム級10位の田村亮一《たむらりょういち》選手と、岡畑良治《おかはたりょうじ》選手の対戦である。

第1ラウンドから両者とも激しい打ち合いを開始。田村の、走り抜けざま相手の腹に打ちこむボディがすごい。第2ラウンドでさらに田村は勢いづいて岡畑を追いこめていくが、岡畑も気持ちが崩れることなくパンチに耐えている。

第3ラウンドで田村が岡畑をコーナーに追いこんですさまじいパンチを浴びせ、こらえていたが岡畑がついにダウンしてしまう。本人はなんとか立ち上がろうとするが、セコンドがタオルを投げ入れて試合終了となった。

第4試合は日本スーパーライト級7位の松山和樹《まつやまかずき》選手と、森定哲也《もりさだてつや》選手の63kg契約ウェイト8回戦。

青コーナーの森定が積極的にパンチを放っていくけれど、松山は至極冷静で的確なジャブ、ストレートを当てていく。森定は軽いフットワークで松山にパンチを浴びせるけれど、ひょんひょん動く森定をじっと見定めて、仕留めるようなストレートを松山は放つ。

パンチを浴びながらも松山はおそろしいくらい冷静な目で相手を見ている。そして初回から的確さをまったく失わないパンチで相手をとらえて連打、第3ラウンドで森定がダウンした。それでも立ち上がり、試合は続行したが、第6ラウンド開始のゴングで森定はコーナーに立ったまま出てこなかった。

第5ラウンド終了後に、森定側が棄権をしたとアナウンスが入る。

5試合目。日本フライ級9位の山下賢哉《やましたけんや》選手と長嶺克則《ながみねかつのり》選手の対決である。試合を見ても、私は圧倒的に覚えていない選手のほうが多いのだが、長嶺選手は覚えている。2014年の12月に試合を見たのだ。たしかそのとき、網膜剝離《もうまくはくり》によるブランク明けの試合だと聞いたのを覚えている。みごと勝利して、よかったなあと思ったことも。

リングに登場した山下選手はぐーっと顎《あご》をあげてねめつけながら会場を歩く。青コーナーの長嶺選手に近づいてガンを飛ばしている。髪はアイパーだし、キャラが立っているなあ、と感心してしまう。

ゴングが鳴るや山下が殴りこんでくる。勢いもものすごいがパンチも重そう。襲いかかって嚙《か》みつくかのような攻撃が続く。長嶺は応戦しながらもその勢いにのまれるかのように、ダウンしてしまう。山下は止まらなくなったのか、ダウンした長嶺にもパンチを浴びせ、減点をもらう。

第2ラウンドでも長嶺は連打を浴びたのだが、でも、初回よりはペースを取り戻したのが動きから見てとれる。荒ぶる獣みたいな山下に、じょじょに長嶺がパンチを当てはじめる。このラウンドの後半、完全に長嶺は自分のペースに持っていった。

第3ラウンドがはじまってすぐ、襲いかかる山下に長嶺はアッパーを入れ、高い位置から右を振り落とした。山下はダウンし、またしてもタオルが投げられた。長嶺の冷静さと巧《うま》さが際立つ試合だった。

勢いのあった山下があっけなくダウンさせられたので、会場はものすごい盛り上がりである。でも、この盛り上がりを作ったのは悪役を演じたかのような山下だよな、と思いながらも、長嶺の勝利を私もよろこんでしまう。

第6試合目は、日本スーパーフライ級3位の白石豊士《しらいしとよと》選手と同級10位の木村隼人《きむらはやと》選手の54kg契約ウェイト8回戦だ。

最初は赤の白石が優勢に見えたけれど第4ラウンドで木村のワンツーが入ると、次第に木村のペースになっていく。第7ラウンドあたりから白石もふんばってパンチを効かせてきたけれど、どちらも決めきれないまま第8ラウンドが終了した。どっちが勝つのか、見ていてもわからなかった。

判定は、77対76が1者、78対75が2者で、木村の勝利となった。

メインイベントはIBFスーパーバンタム級第1位、和氣《わけ》慎吾《しんご》選手対インドネシアスーパーバンタム級チャンピオン、ワルド・サブ選手。

2013年に和氣選手のOPBF防衛戦を見て「この人すごい！」と驚嘆し、以来、都合がつけばこの選手の試合を見ている。今回もこの試合が見たくて後楽園ホールにきたのだ。前回、2015年6月の試合ではリーゼントが以前よりちいさくなっていて、前の「すごい！」感じが減じてしまった気がして、勝手に心配していた。

けれども第1ラウンドがはじまって、（やっぱりリーゼントは前よりちいさいままだけれど）、和氣の覇気がみなぎっていてほっとした。身長が和氣よりずいぶん低いサブは、下から飛びこんでくるようなパンチを打つ。そのパンチが粘っこい。和氣も素早いパンチを当てていくけれど、ぶわん、ぶわんと飛ばすようなサブのパンチを警戒しているのか、なんとなくやりづらそうだ。

第2ラウンドになると和氣は完璧《かんぺき》に自分のリズムを取り戻し、第3ラウンドでは試合そのものを和氣が掌握したかに見えた。

第4ラウンドではサブの気持ちが引けてきたのがはっきりと見てとれるほどになった。相変わらず大ぶりのパンチを出しているけれど、ねらっているというよりは、やけくそでぶんぶん腕を振りまわしているみたい。もうこのあたりで試合は終わるだろうと思うが、和氣は決めず、そのまま第5ラウンドへと続く。

もうほとんど戦意のない相手に和氣は連打を打ちこんでいく。このときサブはコーナーポストの1mほど前に立っていたのだが、ちら、と後ろを見て、連打に押されるようにずるずると後退してコーナーポストに寄りかかって連打を受けた。手を出さないサブに、レフェリーがロープダウンを告げる。試合は再開されるが、またしても、サブはちら、ちら、と今度は2度も後ろをふり返り、和氣のパンチに圧《お》されるように見せかけて、よろりよろりとコーナーポストに寄りかかる。寄りかからなきゃ立っていられないくらいダメージを受けたみたいだ。そこで今回もタオルが投げこまれて、試合終了。今日はずいぶんタオルが宙を舞うのを見た。

どちらかの選手が圧倒的に優勢で勝った場合、「相手が弱すぎた」と言うのが私はぜったいにいやだし、そう思うこともしないようにしている。けれどもなんだか今回は、この人が対戦相手で本当によかったの？　と見ていて思ってしまった。これから世界にいくと言う和氣選手は、闘い足りなかったんじゃないかなあ。ともあれ、和氣の勢いが戻ってきてうれしい。リーゼントがちいさいままなのか、ちょっと気になるところではあるが。

Ⅱ

あのいつかの輝きを

２０１７年3月某日、久しぶりに後楽園に向かう。ホールに入るとライト級8回戦の第1試合がはじまっている。座席はまだがらがら。赤コーナーの斎藤一貴《さいとうかずき》という選手はずいぶんと安定した動きだなあと思っていると、第6ラウンドで青コーナーのジミー・ボルボン選手（フィリピン）をダウンさせ、試合終了。

第2試合、スーパーバンタム級8回戦、小池信伍《こいけしんご》選手の対戦相手のタイ人選手が来日できなくなって、でも同じくらい強いタイ人選手がその代打で闘うというアナウンスが入る。このタイ人選手は口を真一文字に結んだ無表情で、ラウンドが進んでもまったく口も開かないし表情も変えない。そんなタイ人選手を小池選手は追いこんで、ダウンも奪うが、粘り強く立ち上がり、口も開けないままタイ人選手はパンチを出し続ける。第6ラウンドで、タイ人選手による有効打で小池が左目上をカットしてしまう。客席から見ても傷口がぱっくり大きく開いていることがわかる。コミッションドクターとレフェリーの判断により、試合続行不可能とされ、小池のTKO負け。これは悔しかっただろう。

第3試合は、武田航《たけだわたる》選手とクルンシン・ガオラーンレックジム選手（タイ）のバンタム級8回戦。

武田航という選手は背が高くてリーチも長い。とても美しいフォームでパンチを放つ。パンチがずいぶんと重そうで、しかも的確に相手に入る。対して青コーナーのクルンシンはラフなパンチをぶんぶんとふりまわす。第3ラウンドで一度クルンシンがダウンしたが、起き上がって「平気平気」というようにレフェリーに首を振る。けれども第4ラウンド、序盤からクルンシンはもう崩れていて、武田の右フックで大きくダウンし、ここで試合終了となった。

大橋健典《おおはしたけのり》選手と本吉豊《もとよしゆたか》選手の、フェザー級8回戦が第4試合。第1ラウンド、赤コーナーの大橋選手は、その全身で「闘争心」を体現しているかのような迫力がある。本吉も応戦するものの、大橋の重たいパンチにすっと後ろに吹っ飛ぶ。この大橋という選手はなんだか岩みたい。岩みたいに堅そう。と思っていたら、第3ラウンドがはじまって1分、大橋が本吉をキャンバスに沈めた。

今日のセミファイナルは、岡田博喜《おかだひろき》選手とロデル・ウェンセスラオ選手（フィリピン）の65kg契約ウェイト8回戦。試合がはじまって、赤の人（岡田）、うまい！　と思う。青のロデルは大振りのふりまわすパンチで迫っていくのだが、岡田はまったくペースを崩さず、こつこつとジャブで相手のガードを崩していく。第2ラウンド、ロープ際で岡田はものすごいスピードのショートパンチを連打する。

どうもこのロデルは、ラウンドの前半1分くらい、顔の前でガードをがっちり固めて自分からはパンチを出さない。そうして相手の動きを見ていて、ラウンド半ばから突然パンチを振りまわすのだ。そのパンチであるが、あまりにあっちこっちから飛んでくるので、パンチというより元気という感じ。元気を振りまわしているようだ。ガードの下で、顔が笑っている。インターバルにコーナーに戻ったときも笑い顔。

前半様子見作戦を、ロデルは第6ラウンドで急にやめて、ラウンド開始から手を出してきた。岡田をロープに追い詰めて、ものすごいラッシュを浴びせる。いつのまにかほぼ満席の会場も沸く。岡田がなんとかロープ際から脱出したその直後、ロデルは動きを止めた。荒い息をしている。どうやら今のラッシュで打ち疲れしてしまったみたい。なんていうか、素直な選手だなあ……。その機を逃すはずなく岡田が攻めて、腹に重い一発を打ちこんで対戦相手をダウンさせた。

今日のメインは土屋修平《つちやしゆうへい》選手と西谷和宏《にしたにかずひろ》選手の日本ライト級タイトルマッチである。これが目当てで今日は後楽園にきたのだ。

２０１０年の東日本新人王トーナメントのとき、私は土屋修平をはじめて見た。もともとキックボクサーだったとはだれかから聞いていた。見るからに強そうで、実際すごく強くて、強いばかりかなんだか夢中で試合を見てしまう魅力があった。勝利を収めると土屋はリング上でものすごくきれいなとんぼ返りをした。それでよく覚えている。

そのあと何回か試合を見た。ずーっと負けなくて、しかもＫＯ勝ちを続けて、勝つたびにとんぼ返りをしていた。この人、ものすごいことになっていくんだろうなあと思っていた。それがいつのまにか、ＫＯがストップし無敗ではなくなった。とはいえそれはふつうのことなのに、最初がすごすぎたのだろう、やけに失速したような印象になってしまった。

その土屋修平が日本チャンピオンになったと聞いたのが去年、２０１６年の12月。勝利者インタビューで、すぐにいけると思った場所が案外遠かったというようなことを話していたと、見にいった友人から聞き、私はなんだか泣きそうな気持ちになった。それで王者土屋の初防衛戦を見よう！　とやってきたのである。

第1ラウンドはたがいに様子を見て1分が経過、最初のパンチを土屋が放つや打ち合いになり、ラスト10秒を切ってから激しい打ち合いへと転じる。第2ラウンドは両者とも引かない。土屋は幾度かバランスを崩すが、崩してからの攻撃が素早い。第4ラウンドはリーチの長い西谷の手数が多く、西谷の有効打で土屋が鼻をカットする。第5ラウンド、土屋のずんと重いボディ、右ストレートで西谷がダウンし、立ち上がった彼を土屋は攻めにいくが攻めきれず第5ラウンドが終了。

オープンスコアで読み上げられた点数は、3者とも47対47。この同点の採点が関係あるのかないのか、なんとなく、本当になんとなくだけれど、第6ラウンドからの土屋が失速してしまったような気がする。

2017年3月4日、ダウンを挽回した西谷和宏(左)が猛然とラッシュし、土屋修平に8回TKO勝ちで日本タイトルを獲得した。

第7ラウンド、接近して打ち合い、絡まるような2人をレフェリーが離し、ニュートラルコーナーにいくように指示し、西谷、土屋へと割合に長く注意するような場面があった。このあと試合再開してから、失速したかに見えた土屋が猛然と打ちに出てきて、はげしい打ち合いが繰り広げられる。リーチの長い西谷がジャブ、ストレート、アッパーと自在に打ち、土屋は打たれつつも前に出てボディに一発を叩《たた》きこむ。

第8ラウンド、土屋のボディを打ちこむパンチ音の重さが目立っていたけれど、西谷はそれにも負けず打って打って打って、そしてアッパーで土屋をダウンさせた。起き上がった土屋に猛然とラッシュを挑む。土屋はキャンバスに倒れこみ、起き上がることができず、試合終了のゴングが響き渡る。

土屋のとんぼ返り、見られなかったなあと思うものの、ホールを出る気分はそんなに悪くない。いい試合だったと思うし、両者とも果敢に闘った。土屋選手の今後はわからないけれど、また、いつかみたいに光を放つくらいまばゆい姿を見たいと思う。勝ち負けとか、記録とかとは別に。

謝ることなんてない

例年より遅く、ようやく桜が満開になった2017年4月某日、後楽園ホールに向かう。ホールに入ると第1試合がはじまっている。ひとりが負傷し出血していて、2人とも血だらけの顔で闘っている。ミニマム級の4回戦で、判定で赤コーナーの選手が勝ったのだが、勝利を告げられた瞬間にこの選手は両手を天井に突き上げて泣き崩れた。退場の際もずっと泣いている。なんでそんなに……と思うほどだが、アナウンスで、これは7連敗の後の久しぶりの勝利なのだと説明がなされ、なるほどと納得し私ももらい泣きをしてしまう。

それからスーパーバンタム級4回戦と、フェザー級6回戦が2回続き、フェザー級の8

回戦となる。山口卓也《やまぐちたくや》選手と河野洋佑《かわのようすけ》選手の対戦である。第1ラウンドから次第に打ち合いが過熱していって、第3ラウンドでは偶然のバッティングで山口が左目上をカット、しかし打ち合いはさらに過熱していく。山口のほうが優勢に見えた第5ラウンド後半、私の目の前のロープ際で2人は接近戦をはじめた。山口が河野を連打で追いこみ……とそのとき、レフェリーが目前を横切った。その次の瞬間、山口がどっとキャンバスに倒れこんだ。

えっ！　周囲の人たちがみな声を上げる。そのくらいの早業。私のまわりの人たちは、よそ見をしていたかレフェリーの背中に遮られたかで、逆転の一瞬が見えなかったのだ。いったい何が起きたのかなあ。

第6試合はスーパーフライ級8回戦。青コーナーの木村隼人《きむらはやと》選手に挑むのは、タイからやってきた17歳のトンクラー・イサーントラクター選手。17歳だけあって顔つきは幼いし、背中は少年のようだ。しかし開始のゴングが鳴ると、表情がさっと険しくなって素早いパンチを出す。第2ラウンドには、木村の手練《てだ》れ感が見えてくる。焦ったのか苛立《いらだ》ったのか、トンクラーは第3ラウンドで木村の頭を片腕で押さえこんで倒し、レフェリーから注意を受ける。照れ笑いで木村にあやまる顔はやっぱりあどけない。

第4ラウンド、木村がちょっと本気を出してきたように見える。ボディを執拗《しつよう》に狙《ねら》う。そして第5ラウンド、ずばんと突き抜けるようなあざやかなアッパーで、トンクラーはダウン。起き上がれない。第5ラウンド12秒のTKOである。ああ、今度は決めのパンチが見えてよかった。

第7試合、セミファイナルはスーパーバンタム級の8回戦。赤コーナーはフィリピンのジュニー・サロガオル選手、OPBFで13位。たいする青は勅使河原弘晶《てしがわらひろあき》選手。お面をつけてあらわれた勅使河原は、一番上のロープからリングにジャンプで入ろうとして、ロープに足を取られてずっこけた。笑いが広がる。赤のジュニーはリングインするも、グローブのテーピングに不備があるとかで注意を受けて、巻きなおしている。

第1ラウンドがはじまるなり、勅使河原の速くて重いパンチが飛ぶ。試合開始からものすごいエネルギーの放出量だ。プレッシャーをかけてはパンチを出していく勅使河原は、相手をロープ際にとらえ、残り10秒で猛烈なラッシュ攻撃に出る。相手がひとつひとつのパンチを受けて右へ左へと踊らされているように見えるほどの勢いだ。第1ラウンドでは、ジュニーはほとんど手を出していない。

第2ラウンド、かまえて出てくるジュニーに戦意がないのが見てとれる。さっきの続きのように勅使河原が襲いかかって連打を浴びせ、わずか46秒でノックダウンさせた。勝利した勅使河原はとんぼ返りをしてまた失敗、「もうやめなさい」と会場からあたたかい野次が飛ぶ。前も思ったけれど、この人は本当に華やかな試合を見せてくれる。

そしていよいよメインイベント。

しばらく前からずっと試合を見ている内藤律樹《ないとうりつき》選手と、中川祐輔《なかがわゆうすけ》選手の対戦である。両者ともスーパーフェザー級のそれぞれ5位と8位だが、クラスを上げたのか、この日はライト級の8回戦である。

スーパーフェザー級王者だった内藤律樹選手が、防衛戦で尾川堅一《おがわけんいち》選手に負けたのは2015年の12月だ。このときは負傷判定で、しかたがないと思ったのだが、1年後の2016年12月にも尾川選手に挑戦して、判定負けを喫してしまう。この試合を私は観戦できなかったが、あとから結果を聞いて肩を落とした。

試合開始のゴングが鳴らされると、青コーナーの中川がいきなり突っ込んできた。あ、この感じ、尾川との防衛戦に似ている、と思う。相手の矢継ぎ早の攻撃に内藤がペースをつかみ損ねたように見えるのも、同じである。この初回、内藤はほとんど手を出さないが、様子を見ているのかペースをつかみ損ねたのかはわからない。

第2ラウンドでようやく内藤が前に出てくる。ぐっと腰を落として放つ左ストレートが長くのびて相手をとらえる。

第4ラウンドになると内藤の優勢がはっきりしてくる。ワンツーを受けた中川が両手を広げて「ヘイ、カモン！」ポーズで挑発する。ああ、出た、ヘイ、カモン！　私は今や、このポーズをした選手はたいていの場合負けてしまう、を自説にしている。このポーズをして結果的に勝った人を見たことがないのである。

第5ラウンドも内藤のペースで続く。中川はもうほとんど手を出しておらず、内藤のパンチから身を守るばかりなのだが、ダメージなのか、それとも、そうして一発逆転を狙っているのか私にはわからない。会場から、「相手、もう何もできてねえぞ！」と野次が飛び、それが静かだったホールに響き渡る。まさかこの声に発破を掛けられたわけではないだろうが、ここからようやく中川もパンチを出してくる。それでもペースは乱れていて、内藤の胸に頭突きをする格好になり、試合は一瞬止まってレフェリーが注意する。

以後のラウンドも、ずっと内藤が優勢のまま続く。幾度か、これでKOとなるか、という場面があって、その都度、内藤サイドの観客は沸いて、リッキーコールがはじまるのだが、なかなか攻めきれずにラウンドが重なっていく。連打を受けながらも中川は倒れず、諦《あきら》めたかに見えてグワッと復活しパンチを放つ。内藤本人も相手を倒したいと焦っているようにも見える。

最終ラウンドの最後の最後まで内藤はKOを諦めずに攻めまくっていた。倒したい倒したいと声が聞こえるかのようだった。

判定は3者とも79対73で内藤の勝利。勝利者インタビューで律樹選手はいつものように謝罪する。そんな、謝ることはないのだと、これまたいつものように思う。ずっと見ている選手が勝ってよかったと思いつつ、やっぱりヘイ、カモン！　ポーズは縁起がよくないよ……と内心で自説を補強した。

合計たったの5ラウンド

2017年5月某日、有明《ありあけ》コロシアムに向かう。2日間にわたって世界戦が行われる、その2日目である。前日の試合では、世界初挑戦の村田《むらた》諒太《りょうた》選手がまさかの判定負けを喫した。今日になってWBAの会長が、判定は正当ではないと異例の謝罪声明をした。私はテレビでもこの試合を見ていなくて、何がどうなっているのだかちっともわからない。

2日目の今日は、八重樫《やえがし》東《あきら》選手と井上《いのうえ》尚弥《なおや》選手の防衛戦がある。試合開始は16時だけれど、そんなに早くいくこともなかろうと17時過ぎに到着するよう、有明を目指した。

この日の試合は6試合。17時過ぎ、なんとすでに3試合が終わっていて、予備カードの試合もひとつ終了、私が着いた今は、予備カード2試合目をやっていると言う。その4ラウンドが終わると、30分ほどの休憩。

第4試合は、清水聡《しみずさとし》選手と山本拓哉《やまもとたくや》選手のフェザー級8回戦。オリンピックを見たことのない私は何も知らなかったのだが、この清水選手は村田選手が金メダルを取ったとき、銅メダルを取った選手だそうだ。村田選手は2013年にプロ入りしているが、清水選手がプロになったのは2016年。それだけプロ入りを悩んだのだろうか。

試合開始のゴング。赤コーナーの清水はちょっと様子見の感がある。と思いきや、長く伸びるジャブをすっと放つ。そして幾度目かのジャブ、ストレートで青コーナーの山本がダウン。立ち上がるが、清水の右フック左ストレートをまともに受けてさらにダウン、レフェリーが試合を止めた。

1ラウンド1分49秒で試合終了。この時点で18時過ぎ。今日はバンド演奏もアイドルのショーもないようだ。テレビ放映開始の19時まで、またしても休憩が告げられる。

リング上のスクリーンでたけしさん司会によるトーク番組が上映される。八重樫選手と井上尚弥選手のインタビューである。することもないので、それをぼうっと眺める。

待ちに待って19時。赤コーナーの八重樫東選手入場。いつもTシャツ姿で入場するイメージがある八重樫だが、この日はぴかぴかした素材のガウンを着ている。青コーナーはフィリピンのミラン・メリンド選手。コミッショナー宣言があり、それぞれの国歌斉唱がある。

そうして試合開始。おたがいに様子を見る静かな立ち上がり。たがいにジャブを打ち合い、……と、何が起きたのか八重樫がダウンした。えっ、何々？　よくわからなかった。スリップじゃないの？　八重樫は立ち上がり、試合再開。メリンドが襲いかかるようにパンチを出し、右フック、左アッパーが決まって八重樫、ふたたびのダウン。どうしちゃったの。それでも立ち上がる。あと20秒ほど耐えれば1ラウンドが終わる、乗り切れ、乗り切れ、と祈るように思う。ボックスの声とともにメリンドの容赦ないパンチが飛び、今度はストレートの見本みたいなうつくしい一発が、これも見本みたいにきれいに八重樫の顔面をヒットし、3度目のダウン。レフェリーが試合を止めた。1ラウンド2分45秒。

あまりに予想していなかった展開に、だだっ広いコロシアムがしーんとなる。不気味な静寂である。私も何が起きたのかちっともわからず、ぽかんとリングを見つめるしかない。通訳もいないのだろう、勝利者のインタビューはなし。起き上がった八重樫はいつものように礼儀正しく相手選手とセコンド陣に挨拶《あいさつ》をし、リングを去った。

ここで19時20分くらい。生放送だから、さすがに休憩なしでメインイベントにいくのだろうなあと思っていたが、またしても20時過ぎまで休憩だという。なんだか待ち続けである。

スクリーンに、また先ほど流れていたトーク番組が流れる。どうせなら、今日私が見損ねた細野悟《ほそのさとし》選手と野口将志《のぐちまさし》選手の試合とか、松本亮《まつもとりよう》選手とヘンドリック・バロングサイ選手（インドネシア）を見せてくれたらいいのになあ、と思うが、まあ、友だちの家でもないのでそんな要望を言ったところでしかたがない。

1時間ほど待って、ようやくメインイベントの開始である。赤コーナーは井上尚弥選手、青コーナーはアメリカ国籍のリカルド・ロドリゲス選手。

第1ラウンド。井上のパンチはいつものようにうつくしい。ロドリゲスが井上をロープに追い詰めてボディ攻めにする瞬間もあったけれど、井上は防御が格段にうまい。瞬間移動のようなスウェーバックを見せながらジャブを放つ。井上のパンチはほとんどジャブ。でも、そのジャブがじわじわと相手を追い詰めていくのがわかる。

第2ラウンド。井上のパンチはまっすぐ伸びるが、ロドリゲスは四方八方からパンチを繰り出してくる。井上はジャブに加えてストレート、ボディも打ちはじめる。途中、サウスポーにスイッチしたかと思ったらまたオーソドックスに戻っている。私も目が追いつかないほど素早く、自由自在に。

第3ラウンド。おお、井上のスウェーバックはなんとうつくしいのかと思わず感動する。大ぶりのパンチを放ったロドリゲスに井上の左フックがばっちり入り、ロドリゲスはダウン。立ち上がるロドリゲスに、とどめの左フックが飛んで、再度ダウン。ああ、これまでだ、とだれもが思ったはず。そのまま試合終了となる。

井上尚弥選手が早い段階でKO勝利するのは予想していたことである。この日の試合も3ラウンドで終了だが大満足。しかしそれにしても、はるばる有明までやってきて、待ちに待って、ぜんぶで5ラウンドしか見ていないなんて……。

と、考えて、待ち時間のあいだ、くり返し流れたたけしさんとのトーク番組を思い出す。どのくらいで相手の力量は見極められるのかと、たけしさんが井上選手に質問していた。1ラウンド開始後1分から1分半でわかる、というのが井上選手の答えだった。じゃあ何ラウンドで倒せるかもだいたい自分でわかるものなの？　というような意味の質問が続いた。

1ラウンドで終わらせてしまったら見にきたお客さんに申し訳ないと思うし、判定まで持ちこむとお客さんから文句が出る、5ラウンドから6ラウンドあたりだと、そろそろ終わらせろムードが会場に広がるのがわかる……、と井上選手は笑いを誘いながら答えていた。

もしかして今日——と、ふと思う。決めようと思えば、井上選手は第1ラウンドで決められたんじゃないか。でも、インタビューで答えていた通り、それでは観客が満足しないだろう。第2ラウンドでも早すぎる。だいたい第3ラウンドか、などと、計算した上での試合だったのではないか。ほぼジャブだけの第1ラウンド、スイッチだらけの第2ラウンド、あれは、倒せるけどまだ倒さないという彼の余裕だったのではないか。そう思ったらちょっとぞっとした。この若い選手はこの先どこまでいくのか——見ていられるのはやっぱりとても幸福なことだ。

熱の時間

２０１７年７月某日。直木《なおき》賞と芥川《あくたがわ》賞の発表があるその日、後楽園ホールに向かった。もちろん直木賞も芥川賞も関係なくて、ボクシングの試合観戦にいったのである。

18時に第１試合がはじまる。ウェルター級のデビュー戦同士の対決だ。デビュー戦同士って激しいし熱いよな、と思って見ていた第１ラウンドで勝負がついた。赤コーナー、荒《あら》木《き》祐司《ゆうじ》選手の勝利。

第２試合は、ミドル級６回戦。赤コーナーは細川《ほそかわ》チャーリー忍《しのぶ》選手、たいする青コーナーは和田《わだ》直樹《なおき》選手。これは第２ラウンドで細川のＴＫＯ勝ち。

第３試合、ウェルター級８回戦。藤中周作《ふじなかしゅうさく》選手と大村朋之《おおむらともゆき》選手の対決である。第１ラウンドから、これもまた早い回で決着がついてしまいそうだと思って見ていたのだが、そうかんたんには終わらない。赤コーナーの藤中が優勢に見えるのだが、第2、第3ラウンドで大村も善戦し、流血しながらも盛り返すか？　と思った矢先の第5ラウンド、藤中のパンチで大村がダウンし、試合ストップとなった。

今日はＴＫＯ試合が多く、3つの試合終了後、まだ19時を過ぎたばかり。芥川賞直木賞の結果が出るにもまだ少々早いだろう。と思いつつも、何か情報が出ていないか、携帯電話でチェックしてしまう。私本人にはまったく関係のないことなのに、やっぱり小説界のニュースにはそわそわしてしまうのだ。

第4試合はＯＰＢＦスーパーフライ級チャンピオン、フィリピンのレネ・ダッケル選手と、日本スーパーフライ級第3位の木村隼人《きむらはやと》選手のタイトルマッチだ。

試合開始すぐ、レネ・ダッケルのパンチの長さに目をみはった。リーチが長いというのではなくて、腕が、予想もしないような伸び方をしてパンチを出してくるのだ。ロングパンチならぬロングロングロングパンチ。うわ、こわいパンチだな、と試合開始直後に私はひるむが、当然青コーナーの木村は臆《おく》することなく向かっていく。ものすごいスピードで木村がパンチを繰り出し、それを避け、避《よ》け、避けつつ、ひゅーん！　と長いパンチをレネが出す、という展開。

その展開が第2、第3ラウンドと続く。幾度か、木村の軽妙なスピードにつられて、レネのステップもパンチも速くなるが、ペースを乱すというほどでもない。

第4ラウンド。ひゅーんと遠くからパンチが飛んできたとき、木村がすっとレネのふところに飛びこんで、がら空きのボディを打つ。

木村の動きはスピーディーでパンチも速いが、やっぱり的確に効くパンチを入れているのはレネのように見える。

第4ラウンド終了後の採点が発表される。2者が39対37でレネ。残る1者が38対38でドローにしている。

第5、第6とラウンドが進むにつれて、伸びるパンチを幾度も浴びてきた木村が、じょじょに前に出てくる。第7ラウンドではレネをロープに追いこみ連打に持っていく場面もあった。第8ラウンドでは、レネの大きなパンチが出るのと同時にレネの内に飛びこんでいって腹を打つ、第4ラウンドで見せたタイミングを完全に自分のものにしたかのように見えた。みごとなタイミング合わせを幾度も行い、その都度レネは腹を打たれて、だんだん効いてきたようにも見える。もしかして木村の大逆転もあり得るかもしれない、なんて思うほどだ。

第8ラウンド終了後の採点結果は、2者が76対76のドロー。1者が77対75でレネ。やはり、差が縮まっている。

第9ラウンドは、両者とも疲れが出たのか、クリンチしたままのパンチの打ち合いが続く。抱き合って木村が腹にパンチを入れると、同じパンチをレネも入れる、そんな律儀な応酬が続く。

第10ラウンドでレネがちょっと調子を戻して、例のひゅーんと飛んでくる長いパンチをまた打ちはじめ、激しい応戦となる場面もあった。けれどやっぱり疲れを回復するまでにはならず、どちらも決め手のパンチを打つことなくラストラウンドへと進む。

判定結果は115対113、116対112、117対113で、3者ともが赤に軍配を揚げた。木村がいくかな、と思うときも幾度かあっただけに残念である。でも見応《みごた》えのある試合だった。

ボクシングとも私個人ともまったく関係ないけれど、ちょうど第6ラウンド終了後に、芥川賞と直木賞の受賞者が決まったとインターネットのニュースで知った。だれが受賞したかがわかるとほっとして、ようやくゆったりかまえて試合も見られるというものだ。

さて、第5試合。和氣慎吾《わけしんご》選手と瀬藤幹人《せとうみきひと》選手、スーパーバンタム級8回戦の試合である。

私はこの試合を見にきたのだ。瀬藤幹人選手の試合はずっと見てきていて、和氣選手もまた、2013年からほぼ全試合を見ている。

和氣はとくに気になる選手だ。世界前哨戦《ぜんしょうせん》と銘打った2016年2月は、なんとなく不完全燃焼ぎみの試合に見えたし、いよいよ世界に打って出たIBF世界同級王座決定戦では（大阪で行われたこの試合はテレビで見た）、TKO負けだった。この先どうなっていくのだろうと、純粋に興味を持って見ている。

瀬藤選手の、前回の試合を見たのはいつだったろう。2016年6月13日の後楽園で、たしか私の記憶が正しければTKO負けだった。その試合後に目の手術をしているはずだ。

第1ラウンドのゴングが鳴り響く。すぐに思ったのは、瀬藤のスタイルが変わった、ということ。以前までずっと、瀬藤は両手をだらりと落とし、顔をぐっと前に出す、独特のスタイルだった。でも今回、両腕をあげて防御するシンプルな構えをとっている。

リーチは和氣のほうが格段に長い。瀬藤がパンチを打つために前に出ると和氣がそれを狙《ねら》って打つ。試合開始からそのパターンがくり返される。とはいえ瀬藤は小刻みなステップで体を動かし続け、パンチをもらいっぱなしというわけでもない。どこから攻め崩そうか、絶えず動きながら計算しているようだ。和氣が押し倒すかたちで瀬藤が転ぶ。スリップとアナウンスが響くが和氣はガッツポーズを見せる。立ち上がった瀬藤は、以前の、両手を垂らしたかまえを見せたが、やはりすぐに両の拳《こぶし》を顔の前にかまえる。

第2ラウンドも、打ちにいった瀬藤が打たれる、ということが続く。和氣がロープ際に瀬藤を追い込み、右左と小気味いいコンビネーションパンチを放つが、瀬藤はなんとか持ちこたえる。

第3ラウンドでもまた和氣が腕を引っかけて倒すような格好で、瀬藤がスリップする。しかし起き上がった瀬藤は前へ前へと打って出てくる。ここまでの段階で和氣が優位なのだが、負けたくないという瀬藤の気迫が目に見えるかのようだ。でも、どのパンチだろう、瀬藤は右目の上をずいぶんと腫《は》らしている。

第5ラウンド。右目上を腫らした瀬藤は気迫の塊みたいになって攻めこんでいき、でもやっぱり和氣のワンツーを何度かまともに食らってしまう。それでもワンツーで追い詰め、ラッシュに持っていこうとした場面もあったが和氣をとらえることはできない。と、そこに瀬藤の赤コーナー側からタオルが投げこまれた。

そんな！　と思わず叫んでしまう。瀬藤は劣勢だったけれどまだダウンもしていないし、その気配もない。ぐらついてもいない。それに何より見ていて和氣も瀬藤もやりおおせた感がまったくない。それなのにタオルって！　試合終了を告げるゴングが鳴り響く。

冷静になって考えてみれば、昨年の目の手術のこともあり、試合後のダメージのことを考慮してのタオル投入だったのだろう。私のような素人《しろうと》観客には、わからないことはたくさんある。でもなんだか、すっきりしない試合ではあった。和氣も瀬藤もどちらも好きな選手で、いつも彼らの試合に彼らそれぞれの熱を感じていたから、それがまったく感じられなかった今回はじつに残念。この日はなんだかガックシしてしまい、メインの試合を見ずに帰ってしまった。

強いとか弱いとかいうのとはちょっと別に、その選手に異様な熱を感じる時期というのがあって、世界戦やタイトルマッチじゃなくても、その熱は会場中に伝播《でんぱ》する。その熱の渦中にいると「ボクシングってこんなにすごいのか！」と素直に納得する。たったひとりの人間が発する熱が源なのだから。それはもしかしたら、その選手の旬《しゅん》というものなのかもしれない。年齢とは関係ない。また、旬の長さも一定ではないし、一度きりということでもないのだろう。だけれど、永遠ではない。すべてのスポーツにおいて、選手生命は永遠ではないけれど、ボクシングはもっと冷酷にそれを告げると思うことがある。今日、私がガックシしたのは、彼らがかつてどれほど熱を放ち、どれほど観《み》る者を魅了したか、五感のぜんぶでまだ記憶しているからだろう。その熱がどのラウンドでも感じられなかったことに衝撃を受けているのだろう。

あ、そういえば、直木賞と芥川賞、今日決まったんだったなと帰り道で思い出す。芥川賞はデビュー作で受賞となった人で、直木賞はデビューしてから34年目のベテラン作家が受賞となった。ものを書くことには、ボクシングと何もかもまったく異なる時間が流れているのだなあと、そんなことを思う。

裏切る体について

夏のように暑い2017年10月某日、日暮れどきに後楽園ホールにいく。試合はまだはじまっておらず、ホールの客席はまだまばら。

第1試合はフライ級の4回戦、第2試合はスーパーフライ級の4回戦。私の席は青コーナーの後ろ、西側だったのだが、隣の席に青コーナー側の応援客が座り、舞台役者も顔負けの太く響く声で、青コーナーの選手を応援している。第1試合は太田《おおた》憲人《けんと》選手の応援客で、ほんのちょっとしたパンチにも拍手喝采《かっさい》、「ナイスパンチ！」「効いてる効いてる！」の野太い声が飛ぶ。この人たちは第1試合が判定で終わるとさーっと帰っていき、今度は第2試合の応援客がずらりと陣取り、青コーナーの林大雅《はやしたいが》選手を応援する。これまたたいへんな歓声と、よく通る声援が飛ぶ。第2試合も判定、林選手の負け。応援客はがっかりしながらさーっと去っていく。

第3試合は篠原武大《しのはらたけひろ》選手と篠塚辰樹《しのつかたつき》選手のフェザー級8回戦。私の隣の席はまたしても青コーナーの篠塚応援団で埋まっている。

先に入場した青コーナーの篠塚は、髪の毛をきれいなレインボーに染めている。試合開始のゴングが鳴って、リング中央に出ていく篠塚の後頭部を、インコみたいだな、と眺めていたらあっという間に試合が終わってしまった。試合開始直後に篠塚が篠原に猛ラッシュをかけて、あっという間にダウンさせてしまったのだ。2分もたっていない。応援客から「はえーよ」「もっと引っ張れよ」「見応《みごた》えがねーよ」と、よろこびにあふれた文句が飛ぶ。

第4試合はフィリピンのパブリト・カナダ選手と湯場海樹《ゆばかいき》選手のライト級6回戦。18歳の湯場海樹選手は、私も長く試合を見ていた湯場忠志《ただし》選手の息子だ。トレーナーも、湯場忠志選手についていた人と同じで、なんだか感慨深い。海樹選手の試合を、今回私ははじめて見るけれど、デビュー後2戦2勝2KOという好成績をおさめている。

試合開始後、しばらくおたがい様子見が続き、最初に青コーナーの湯場がパンチを出してようやく両者とも動きはじめる。湯場のワンツーは伸びやかでまっすぐ相手に届き、パブリトはふりまわすようなパンチを出す。湯場が打ち、パブリトが返し、距離を取る、ということが続き、激しい打ち合いにならないままラウンドは進む。第4ラウンド終了後、湯場の有効打でパブリトが目の上をカットしたとアナウンスが入る。

ようやく試合が熱を帯びてきたのは第5ラウンド。湯場はパブリトをとらえ、ロープに押しこみコンビネーションパンチを入れ、そのままラッシュに持っていきたいように見えるが、パブリトもそうはさせない。

第6ラウンドでは、湯場のパンチがパブリトの動きを止め、そこからまた猛然と湯場は攻めていって、これまでだと思うも、パブリトは倒れずに試合終了。

59対55、59対56、60対54、という採点で、湯場の勝利。

第5試合は荒谷《あらや》龍人《りゅうと》選手と大坪《おおつぼ》タツヤ選手のフェザー級8回戦。

こちらは打って変わって、試合開始直後から両者派手に打ち合う、早い展開。赤コーナーの荒谷のほうが背が高く、リーチも長く、上から振り落とすようなパンチを放ったかと思うと、ぐっと低い位置からパンチを突き上げもする。足のバネがものすごく柔軟という印象だ。第2ラウンドで大坪が追い詰められるシーンがあり、会場じゅうが声援に沸く。

そういえば、私の隣の席はいつのまにか大坪応援団に取って代わられている。毎回座っている顔ぶれが違うが、いったいだれが買った席なのだろう。そしてそのだれかはいつやってくるのか。と、そんなことを気に掛けているうちに第3ラウンド、パンチを受けると荒谷はなんだかたのしそうに笑う。終盤はものすごい応戦になり、ホールが膨らむくらいの歓声が飛び交う。

第4ラウンドで、今度は大坪が荒谷を追いこんで集中パンチを浴びせるが、そこを抜けた荒谷の左フックがみごとに決まる。大坪はふらつくが倒れない。このラウンドで荒谷の笑い顔が消えた。

第6ラウンド、大坪の左で荒谷がダウン。すぐに立ち上がり、試合が続行される。勢いに乗った大坪が攻めにいくが、荒谷はなんだか今のパンチで目が覚めたかのように、まったく問題なく応戦している。バネも健在。笑顔も戻る。

ラストの第8ラウンドまで激しい打ち合いは続く。最後の30秒はすごかった。二人とも流血しながら一歩も引かずに殴り合う。鬼気迫るパンチの応酬のなか、試合終了のゴングが鳴り響く。

採点が読み上げられる。試合のペースは赤コーナーの荒谷が握っていたなあ、と思っていたのだが、ジャッジは3者とも76対75で青コーナー、大坪タツヤを支持。私の隣と前列に座っていた応援客たちが、司会が「勝者は……青」と言いかけたところで全員ばっと立ち上がり、ものすごい雄叫《おたけ》びとともに両手を突き上げる。その勢いに、ああ、赤の勝ちな……とみんな思っていたらしいとわかる。逆転というほどでもないけれど、「やった、まさか」感がひしひしと伝わってきて、私までなんだかうれしくなる。やっぱりこの応援客たちも、試合が終わると去っていく。

第6試合は戸部《とべ》洋平《ようへい》選手と、タイのセーントーン・トーブアマート選手、スーパーフライ級8回戦。

このセーントーンだが、ちょっと不思議な動きをする。足の裏をキャンバスから離さないようにズズズと移動して、パン！　と不意にパンチを出す。なんだか機械仕掛け的な動き。

第3ラウンドで、戸部のワンツーをみごとにもらったセーントーンがダウンする。起き上がって試合は再開されるが、全体的に諦《あきら》めムードが漂っている。戸部がとどめを打つべく向かっていき、打たれ放題のセーントーンに、ここで試合終了かと思うが、ラウンド終了ゴングが鳴る。

1分間のインターバルでセーントーンは案外復活し、一瞬消えたかに見えたやる気が戻っている。第4ラウンドはセーントーンがけっこう前に出てきて、パンチを放ち続けた印象。第5ラウンドでは戸部をコーナーに追いこんで連続パンチを出す場面もあった。しかし戸部もその後同じくセーントーンをロープに追いこんでパンチを浴びせ、またしてもセーントーンはダウン。レフェリーがカウントしているあいだ、セコンドを見ている。もう試合を止めてくれと言いたいのかもしれない。やっぱり第3ラウンドでやる気と闘志はほとんど消えていたのだろう。5ラウンド2分51秒で戸部のKO勝ち。

次はメインイベント、フィリピンのジェトロ・パブスタン選手と勅使河原弘晶《てしがわらひろあき》選手の、WBOアジアパシフィック・バンタム級タイトルマッチである。勅使河原選手の試合はつい4月に見たばかり。

青コーナーの勅使河原は、今日はリングの南側正面から、またしてもコスプレをして、同じくホラーコスプレに身を包んだ数人を引き連れて登場。

試合開始のゴングが鳴る。王者のジェトロはまったく手を出さずに様子を見ている。勅使河原がすばやくパンチを出すが、ジェトロがほとんど避《よ》けるだけで手を出してこないので、見合う時間が長くなる。第2ラウンドでようやくジェトロはパンチを出してくるが、それでもしっかりかまえたガードの奥からじっと様子を見ている。不気味。手数は少ないものの、勅使河原のボディにパンチを入れ、向かってきた勅使河原の今度は顔面を打つ、という具合に上下の使い分けがうまい。

第3ラウンドでようやく打ち合いらしくなるもプレッシャーを掛け合う時間のほうが長い。第4ラウンドになるともう我慢比べみたいに見えてくる。どちらかが手を出してくるのをどちらもが狙《ねら》っている。

第5ラウンドで勅使河原がパン！　と大きな右一発を入れ、そこから連打に持っていった。左右から浴びせるようなパンチで相手を逃すまいとするも、王者はなんとか逃れて反撃に出る。浴びた連打で火がついたかのように、ジェトロは遮二無二パンチを出すようになる。

第6ラウンド、ゴングと同時にリング中央に出てきたジェトロの顔つきが前半と違って、険しい陰が落ちている。さっきと同様、勅使河原はまた右フックでジェトロの動きを止めて、そこから連打に持っていこうとするが、ならず。

第7、第8とラウンドが進むにつれて、ジェトロの闘い方のラフさが目立ってくる。勅使河原のパンチの集中砲火をしずめるためのクリンチが幾度も続く。頭を前に出す姿勢のせいで、ジェトロの頭が幾度も勅使河原にぶつかって、なんだかこの人の武器はパンチではなくて頭突きみたいに思えてくる。しかもそのうち、勅使河原の出した左パンチを右腕で押さえ込み、動けなくさせて左フックを見舞う、というようなことを幾度もしていて、ホールド！　と客席から怒号が飛ぶ。

第9ラウンド、勅使河原の闘志が爆発したかに見えた。クリンチにかかる相手に、パンチを浴びせるために引きはがして猛打。ジェトロはなんとか食い止めるため押さえこむようにクリンチするも、勅使河原は殴らせろとばかり振り払い、勢い余ってジェトロは転倒。立ち上がるジェトロに容赦のない連打を浴びせ、ダウンさせる。レフェリーのカウントが

7を数えたときに、ラウンド終了のゴングが鳴る。あと数秒あれば勝っていた。

第10ラウンド、さっきと同じように、勅使河原の腕を挟んで動けなくして、パンチを出すジェトロに減点が言い渡される。勅使河原は前ラウンドからの勢いにのって攻め続け、激しいラッシュに持ちこんだところで、レフェリーが二人のあいだに割って入り、頭上で大きく両腕を交差させた。試合終了。10ラウンドで勅使河原のTKO勝ち。いい試合だった！

ボクシングの試合を見るようになってから、心と体の密接具合にひそかに驚いていた。ほんの少しの心の動き、迷いや躊躇《ちゅうちょ》が、そのままストレートに体にあらわれる。どんなに体を鍛えても、ほんの一瞬心が違う方面を向けば、体もそちらにいってしまう、そのことのシンプルさと残酷さに驚き、なんておそろしいんだろうとも思った。

けれども今日見ていて思ったのは、心の弱さは体の動きをときとしてコントロールするが、心の強さが同様にできるかというと、そうではない、ということ。

ここで負けるかもしれない、という心の動きが、ときどき戦っているボクサーから垣間《かいま》見《み》えるときがあって、そんなとき、そこからやっぱり体の動きはがたついてくる。私のような素人《しろうと》目にも、ときとしてそれははっきりわかる。ならば同様に、ぜったい負けない、一歩も引かない、という心が、戦う人の体を、動きを、限界を超えて強くするはずだ。そう思うし、実際に、強い心が奇跡を起こすことはあるとは思う。でも、毎回ではない。一瞬ひるんだ心は百パーセント体を道連れにするが、強さを増した心が体にもその強さを与えるかというと、必ずしもそうではない。この日も、いろんな選手の心が、勝ちたいんだ、勝ちたいんだと叫んでいた。その叫びに鼓舞されて戦っても、でも、やっぱり体の限界はある。勝ちたいという心を抱えながらも体は倒れていく。

ひどいじゃないかと、当事者ではないのに思う。心が体の負担となるなら、同じように、心が体を補強すべきだ。でもそうはならない。ボクシングはやはり冷徹で残酷だ。でももしかしたら、だからこそこんなにもドラマに満ちているのかもしれない。

単行本あとがき

２０１７年から１８年は、あくまでも私にとって、ボクシング界に天変地異ほどの激動が起きていると感じられた。

最強チャンピオンであると認定する、パウンド・フォー・パウンドの称号を持つ日本人２人が引退をした。山中慎介《やまなかしんすけ》選手と内山高志《うちやまたかし》選手である。この２人が負けた対戦を私はテレビで見ていたが、あまりのことに動けなくなった。私にとっては負けるはずのない２人だった。

２０１７年5月のハッサン・ヌダム・ヌジカム選手との試合における村田諒太《むらたりょうた》選手の敗退、その後の採点結果疑惑問題、同年10月の再戦、ＴＫＯ勝利で世界チャンピオン、という流れも、印象深かった。

さらに驚いたのは世界最強のローマン・チョコラティート・ゴンサレス選手が、シーサケット・ソー・ルンヴィサイに判定負けし、再戦するも今度はＫＯ負けしたことだ。

いったいなんてことだろう！　と、その都度思うが、けれどもこうして王者が交代していくのもまた、ボクシングの醍醐味《だいごみ》なのだろう。いくら最強の選手といえども、彼らは永遠不滅のスーパーヒーローではない。それぞれの選手の試合を見る機会に恵まれたことに感謝しつつ、引退するボクサーを見送るべきなのだ。

何度試合を見ても、素速い動きは捉《とら》えきれないし、なんのパンチがフィニッシュとなったのか見損なうことも多い、素人《しろうと》観客のままなのだが、それでも、ずっと試合を見続けていて、ボクシングは変わったなと思う時期があった。ちょうどこのボクシング試合感想文を書かせていただいていた２０１３、２０１４年のころだ。「作られたもの」に、人は興味を示さなくなったな、と思ったのである。ある選手が、勝ちを重ねていく。どう見ても格下の選手とのマッチングであっても、ともかく勝ち続ける。あるいは、ある選手のキャラクターがデフォルメして作られ、本人を超えてひとり歩きし、それで人気を博す。もちろんずっとボクシングを見ているファンは、そういう流れを苦々しく思っていただろうけれど、そんなふうに「作られた」ドラマ的要素で、たびたびボクシングは広く世間的に注目を浴び、人気を得てきたこともあったと思う。

けれどそうしたことがだんだん興味を持たれなくなってきた。観客は、あるいは、ボクシングファンというわけではない多くの人は、作られたものではない、本当のことに目を向けるようになったと、私は感じたのである。マッチングの作為もキャラクターの突飛さも関係なく、ただたんに、強い者が強い者に挑んでいく、そこで生まれる本当の試合をこそ人は求め、それこそが人気を博していく。だから、勝利だけでなく、敗北もまた感動を呼び起こす。——というようなことを考えたのは、ロマゴンと八重樫東《やえがしあきら》選手が戦ったときだ。

しかしそれもまた変わってきているのではないかと、2017年からの激動を見て思う。このままでいくと、ボクシングの人気はだんだん落ちていってしまうのではないかと懸念してしまう。村田戦の判定疑惑とか（再戦勝利はしたけれど）、山中再戦の対戦相手、ネリ選手の計量失敗だとか、なんだかわからず、しかもへんにすっきりしないことが多すぎるのだ。本当のこと、本物の試合を見たい人が多いなか、すっきりしないわからなさが増えていけば、とうぜん人気はなくなってしまうだろう。

けれどもそういうこととはまったく関係なく、テレビ放映されないボクシングの試合は今日もどこかで淡々と行われ続けている。後楽園ホールでも、デビュー戦からタイトルマッチまで、本気と本気のぶつかり合いが行われている。

そう考えて、あらためてボクシングのおもしろさに気づかされる。大きな会場でも、後楽園ホールでも、デビュー戦同士の4回戦でも、世界戦でも、本当に試合にはすべてそれぞれの魅力がある。世界戦だから盛り上がって、4回戦だからつまらないということがない。退屈なタイトルマッチがあり、なぜか落涙してしまう壮絶な4回戦がある。上手なのに華のない選手がいたり、動きがめちゃくちゃなのに目が離せない選手がいたり、強そうに見えないのにぜったいに倒れない選手がいたりする。どんな試合も見るたび驚いてしまう。その多種多様な戦いと、多種多様な人の人らしさに。その試合だけが作り出す、人間くさいドラマに。

ところで私がはじめて好きになったボクサー、ウィラポンだが、試合を生で見ることのできなかったこの選手を、一度だけ見たことがある。２００８年９月、西岡利晃《にしおかとしあき》選手が5度目の世界挑戦をしたパシフィコ横浜で、西岡選手の対戦相手ナパーポン・ギャットティサックチョークチャイのセコンドにウィラポンがいたのである。私はあの四角いウィラポンを見られたことにたいそう感激し、さらに、ウィラポンに勝てなかった西岡選手がナパーポンに勝ったことに深い感慨を覚えた。そんなちいさな因縁にも、体温のある物語を感じたりする。

私はたぶん、これからもボクシングを見続けるだろうと思う。体力が衰えて、ジムに通えなくなっても試合観戦はできる。ボクシング人気が今よりなくなって、テレビ放映しなくなっても後楽園ホールにいけば試合は見ることができる。今まで見てきたものと同じくらい、ふたたび熱くなれる名試合が、この先もきっと見られるだろうと信じている。

観戦記ともいえないような感想文を掲載してくれた雑誌『ボクシング・マガジン』と平田淳一さん、雑誌『ランティエ』と原知子さんに心からお礼申し上げます。すばらしい試合を見せてくれたすべての選手の方々にも感謝いたします。

二〇一八年三月十五日

角田光代

文庫版のためのあとがき

２０２０年２月27日、日本ボクシングコミッションは、新型コロナウイルス感染症対策のため、２月28日から３月31日まで、すべての試合を中止あるいは延期すると発表した。３月に入って、収束の見通しがないことから、４月30日まで、と一カ月先延ばしにした。ボクシングにかぎらず世界じゅうで、大小にかかわらず大勢の人が集まるイベントは中止か延期となっている。ボクシング観戦に通っていられたことが、今では奇跡のように思える。

いや実際に、奇跡のような一時期、私は試合を生観戦していたのだなあと、ボクシングについて書いた自分の文章を読み返して、しみじみと思う。井上尚弥《いのうえなおや》戦のチケットがふつうに買えた。ロマゴンと八重樫《やえがし》の試合を見ることができた。内山のすごさを実感することができた。比嘉《ひが》大吾《だいご》も土屋《つちや》修平《しゅうへい》もすごかった。

そのころから五、六年しかたっていないのに、多くの選手が引退していった。ボクシングの選手生命は残酷なほど短いことを実感する。

私自身はこの連載が終わってから、抱えている仕事が自分のキャパを超えすぎていたため、それにかかりきりでほとんどボクシング観戦にいくことができなかった。井上尚弥戦は見たいと思い、チケット発売から数日後にアクセスしたら、とうにソールドアウトだった。その井上尚弥はあっという間に世界へと躍り出ていった。

私が大田区総合体育館で井上尚弥戦を見たのは2014年だ。あのとき私の後ろの席で、「弱い相手をわざと連れてきた」と言っていた中年男性はいったいどうしているだろう。井上尚弥が本当に強いと、もう彼も知っていることだろう。彼のパンチがガードの上からでも余裕で効くことも。さんざん井上尚弥をこき下ろしたことを、あのおじさんは恥じているだろうか、と考えて、いやぜったいにそれはないな、と即座に思う。おれはヤツがWBC世界ライトフライ級のタイトルをとったときから生で見てるんだ、すごいやつがあらわれたと思ったね、最初のパンチでもう強いってわかったよ、と我がもの顔で自慢しているだろう。不思議なことに、そう思っても、私はちっともいやな気持ちにはならない。そうだそうだ、自慢しようではないか、と肩を組みたくなるほどだ。あの日あのとき、あの試合を見たというだけで、妙な親近感を覚えてしまう。

奇跡のような一時期は、過ぎ去ったわけではなくて、この先何度も何度もやってくるのだと思う。リングを去っていく選手たちがいれば、当然、あらたに登場する選手たちもいる。華のある選手も色気のある選手も、化けものみたいな選手も、これからあらわれ続けるに違いない。すごい選手の登場は試合を見れば、何か違うとすぐわかる。

この先、連載をしていたときのように頻繁にではないだろうけれど、私は幾度もボクシング観戦に足を運ぶだろう。そこでしか得られない驚きや感動があるとすでに知っているから。そして、また奇跡のような一時期の目撃者になりたいからだ。

二〇二〇年四月七日

角田光代

初出　Ⅰ　「ボクシング・マガジン」2014年4、6、7、9、11月号
　　　　　　15年2、3、7、8、10、12月号、16年2～4月号
　　　Ⅱ　「ランティエ」2017年7、10月号、18年2月号

本書は二〇一八年五月に小社より単行本として刊行されました。

写真提供　福田直樹（65、127頁）

プロボクシング、これだけは知っておこう

●試合

1ラウンドは3分間で、各ラウンドの間に1分間の休憩（インターバル）が入る。それを4セット行う試合を4回戦、10セットは10回戦と呼ぶ。選手の技量や実績に応じてラウンド数が増えていく。

●試合の勝敗

試合はKOやTKO、判定で勝敗が決まる。

KO（ノックアウト）はパンチによって相手がダウンし、レフェリーが10カウントを数えても立ち上がることができない時。WBAなど、1ラウンドに3度ダウンした時点でKOとなる3ノックダウン制を採用している団体もある。TKO（テクニカル・ノックアウト）はパンチによる負傷で試合続行が不可能になった場合や、レフェリーが試合続行不可能と判断した場合、セコンドが棄権の意思表示でタオルを投入した場合。

試合がKOやTKOで決着せず、両者が規定のラウンドを戦い切った時、もしくは試合の後半（タイトル認定団体によって異なる）に選手がアクシデントによる負傷で試合続行が不可能になった時、リングサイドの三方に位置するジャッジによる判定に委ねられる。ジャッジはラウンドごとに各選手を採点し、その合計点数によって勝敗を決する。

●タイトルマッチのラウンド数

日本タイトルマッチは10回戦、世界タイトルマッチや東洋太平洋（OPBF）などの地域タイトルマッチは12回戦で行われる。

●階級

プロボクシングは体重別に階級が設けられており、一般に試合前日に計量が行われ、体重超過した選手にはペナルティが与えられる。

また、ノンタイトル戦では双方の協議で契約体重（キャッチウェイト）を定める「契約試合」が行われることもある。

・ミニマム級　105ポンド（47・62キロ）以下
・ライトフライ級　105～108ポンド（48・97キロ）
・フライ級　108～112ポンド（50・80キロ）

巻末付録

・スーパーフライ級　１１２～１１５ポンド（５２・１６キロ）
・バンタム級　１１５～１１８ポンド（５３・５２キロ）
・スーパーバンタム級　１１８～１２２ポンド（５５・３４キロ）
・フェザー級　１２２～１２６ポンド（５７・１５キロ）
・スーパーフェザー級　１２６～１３０ポンド（５８・９７キロ）
・ライト級　１３０～１３５ポンド（６１・２３キロ）
・スーパーライト級　１３５～１４０ポンド（６３・５０キロ）
・ウェルター級　１４０～１４７ポンド（６６・６８キロ）
・スーパーウェルター級　１４７～１５４ポンド（６９・８５キロ）
・ミドル級　１５４～１６０ポンド（７２・５７キロ）
・スーパーミドル級　１６０～１６８ポンド（７６・２０キロ）
・ライトヘビー級　１６８～１７５ポンド（７９・３８キロ）
・クルーザー級　１７５～２００ポンド（９０・７２キロ）
・ヘビー級　２００ポンド超無制限
（団体によって階級名が変わります）

●世界タイトル認定団体

日本国内の試合を管轄する日本ボクシングコミッション（ＪＢＣ）は以下の４団体を世界タイトル認定団体としている。

・ＷＢＡ（World Boxing Association＝世界ボクシング協会）
・ＷＢＣ（World Boxing Council＝世界ボクシング評議会）
・ＩＢＦ（International Boxing Federation＝国際ボクシング連盟）
・ＷＢＯ（World Boxing Organization＝世界ボクシング機構）

●パンチの主な種類

・ストレート　構えた位置からまっすぐ相手に向かって打つ。
・フック　肘を曲げ自分の外側から内側に向けて曲線を描いて打つ。
・アッパーカット　肘を曲げたまま下から突き上げるように打つ。
・ジャブ　力をあまり入れずに打ち、相手を牽制したり距離を測る場合などに用いる。

※試合形式や階級は男子のものです。なおＪＢＣのホームページ内「ボクシング基礎知識」を参考にしました。

選手プロフィール

※戦績は2020年2月現在

八重樫東（やえがし・あきら）
1983年2月25日生まれ。岩手県北上市出身。黒沢尻工業高校時代にインターハイ優勝、拓殖大学時代は国体で優勝した。アマチュア戦績は70戦56勝（15KO・RSC）14敗。2005年3月26日にプロデビュー。06年4月3日、5回KO勝ちで東洋太平洋ミニマム級タイトルを獲得した。07年6月4日の世界初挑戦で0－3の判定負けを喫した後、09年6月21日の王座決定戦では3－0の判定勝ちで日本ミニマム級タイトルを獲得。11年10月24日、ポンサワン・ポープラムック（タイ）に10回TKO勝ちでWBA世界ミニマム級タイトルを獲得した。12年6月20日にはWBC同級王者・井岡一翔（井岡＝当時）との王座統一戦に0－3の判定負けを喫したものの、視界を塞がれながら相手を呼び込んで果敢に打ち合ったことから『激闘王』と呼ばれるようになる。13年4月8日に五十嵐俊幸（帝拳）を3－0の判定で下し、WBC世界フライ級タイトルを獲得して2階級制覇。14年9月5日、4度目の防衛戦で無敗の元2階級制覇王者ローマン・ゴンサレス（ニカラグア）の挑戦を受け9回TKO負けで王座を失う。15年12月29日、IBF世界ライトフライ級王者ハビエル・メンドサ（メキシコ）に3－0の判定勝ちで3階級制覇を達成。2度防衛後、17年5月21日にIBF世界ライトフライ級暫定王者ミラン・メリンド（フィリピン）との王座統一戦に初回TKO負けしたが18年3月26日に2回TKOで再起。19年12月23日にIBF世界フライ級王者モルティ・ムザラネ（南アフリカ）に9回TKO負けし、35戦28勝（16KO）7敗。

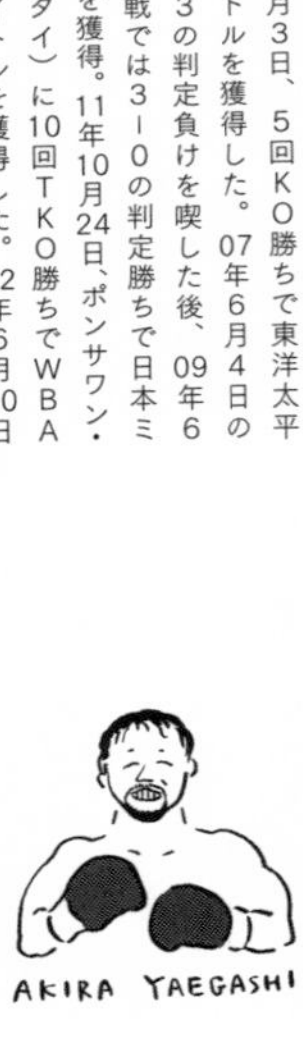

村田諒太（むらた・りょうた）
1986年1月12日生まれ。奈良県奈良市出身。南京都高校（当時）時代は2年時に選抜・インターハ

イ・国体の高校3冠を達成。3年時には選抜とインターハイを制して高校5冠となる。東洋大学進学後は2004年に全日本選手権初優勝。11年の世界選手権ではミドル級銀メダル獲得。12年のロンドン五輪ではミドル級優勝を果たし、日本にボクシングで48年ぶりの金メダルをもたらした。アマチュア戦績は137戦118勝（89KO・RSC）19敗。13年8月25日、現役の東洋太平洋ミドル級王者の柴田明雄（ワタナベ）とノンタイトル6回戦を行い、2回TKO勝ちで衝撃のプロデビュー。その後は国内だけでなく、マカオやアメリカ、香港のリングにも立ち、世界ランキングも上昇していった。17年5月20日、WBA世界ミドル級王座決定戦に臨み、同級暫定王者ハッサン・ヌダム・ヌジカム（フランス）からダウンを奪うなど優勢に試合を進めるも、不可解な1−2の判定負けで初黒星。タイトル獲得はならなかった。しかし、この時の判定が物議を醸し、同年10月22日にはヌジカムとダイレクトリマッチ。この一戦で7回終了TKO勝ちを収め、日本に竹原慎二以来22年ぶりの世界ミドル級王座をもたらした。18年10月20日、ロブ・ブラント（アメリカ）に敗れて2度目の防衛に失敗するも19年7月12日に2回TKO勝ちで奪還、同年12月23日に防衛成功で18戦16勝（13KO）2敗。

井上尚弥（いのうえ・なおや）

1993年4月10日生まれ。神奈川県座間市出身。小学1年の頃から父・真吾氏のもとでボクシングを始め、中学3年時には第1回U−15全国大会で優秀選手賞を受賞。新磯高校（当時）時代はインターハイや国体、選抜、全日本選手権で優勝し、高校生初のアマチュア7冠を達成している。国際大会でもアジアユース選手権で銅メダル、世界選手権出場などの実績を残す。アマチュア戦績は81戦75勝（48KO・RSC）6敗。その圧倒的強さから『モンスター（怪物）』との触れ込みで2012年10月2日、4回KO勝ちでプロデビュー。13年8月25日、田口良一（ワタナベ）を3−0の判定で下し日本最短タイ記録の4戦目で日本ライトフライ級タイトル、同年12月6日には5回TKO勝ちで日本最短タイ記録の5戦目で東洋太平洋ライトフライ級タイトルも獲得した。14年4月6日、WBC世界ライトフライ級王者アドリアン・エルナンデス（メキシコ）に挑戦し、6回TKO勝ちで日本最短記録（当時）となる6戦目で世界タイトルを獲得し、同年12月30日、WBO世界スーパーフライ級王者オマール・ナルバエス（アルゼンチン）に挑戦。ダウン経験のない世界的な強豪ナルバエスに2回KO勝ちで2階級制覇達成。17年9月9日には本場アメリカのリングで6回終了TKO勝ちで6度目の防衛に成功し、同年12月30日には3回TKO勝ちで7度目の防衛。18年5月25日にWBA世界バンタム級王者ジェイミー・マクドネル（イギリス）に初回TKO勝ちし3階級制覇、同年10月からWBSSに出場してIBF世界バンタム級王者となり、またノニト・ドネア（フィリピン）を3－0の判定で下して優勝（19年11月7日）、WBSSバンタム級初代王者となる。19戦19勝（16KO）。1995年生まれの実弟・拓真《たくま》もプロボクサーで、綾瀬西高校時代にはインターハイで優勝している。アマチュア戦績57戦52勝（14RSC）5敗。2013年12月6日に判定勝ちでプロデビュー。15年7月6日に王座決定戦を3－0の判定で制し、東洋太平洋スーパーフライ級タイトル獲得、2度の防衛に成功している。18年12月30日、ペッチ・CPフレッシュマート（タイ）に12回3－0判定勝ちしWBC世界バンタム級暫定王座を獲得するが、19年11月7日にノルディーヌ・ウバーリ（フランス）に敗れて初黒星。14戦13勝（3KO）1敗。

井岡一翔（いおか・かずと）

1989年3月24日生まれ。大阪府堺市出身。元世界2階級制覇チャンピオンの井岡弘樹氏が叔父にあたるボクシングの『サラブレッド』。興國高校時代は史上3人目の高校6冠を達成している。東京農業大学進学後は国体を連覇。アマチュア戦績は105戦95勝（64KO・RSC）10敗。東京農業大学を2年で中退し2009年4月12日にプロデビュー。10年10月10日、王座決定戦に10回TKO勝ちで日本ライトフライ級タイトルを獲得した。11年2月11日、WBC世界ミニマム級王者オーレイドン・シスサマーチャイ（タイ）を鮮烈な5回TKOで下し、日本最短記録の7戦目（当時）で世界タイトル獲得。2度の防衛に成功した後、12年6月20日にはWBA同級王者の八重樫東（大橋）との王座統一戦に臨み、激闘を3－0の判定で制した。同年12月31日、ホセ・アルフレド・ロドリゲス（メキシコ）との王座決定戦に6回TKO勝ちし、WBA世界ライトフライ級タイトルを獲得して2階級制覇。14年5月7日、IBF世界フライ級王者アムナット・ルエンロエン（タイ）に挑戦、1－2の判定で惜敗した。15年4月22日にWBA世界フライ級王者ファン・カルロス・レベコ（アルゼンチン）に挑戦、2－0の判定勝ちで3階級制覇を果たす。このタイトルは5度の防衛後、17年11月に返上、同年12月に引退を表明した。プロ戦績23戦22勝（13KO）1敗。18年9月8日に現役復帰、WBC世界スーパーフライ級シルバー王者のマックウィリアムズ・アローヨ（プエルトリコ）に3－0で判定勝ち、19年6月19日にはアストン・パリクテ（フィリピン）に10回TKO勝ちしてWBO世界スーパーフライ級王座を獲得、日本人初の4階級制覇を果たす。27戦25勝（14KO）2敗。

山中慎介（やまなか・しんすけ）
1982年10月11日生まれ。滋賀県湖南市出身。南京都高校（当時）時代に国体優勝の実績を持つ。専修大学時代はボクシング部の主将を務める。アマチュア戦績47戦34勝（10KO・RSC）13敗。2006年1月7日に判定勝ちでプロデビュー。10年6月20日、7回TKO勝ちで日本バンタム級王座を獲得した。11年11月6日、クリスチャン・エスキベル（メキシコ）とのWBC世界バンタム級王座決定戦に臨み、11回TKO勝ちでタイトル獲得。12年11月3日のV2戦では、元WBC世界スーパーフライ級王者トマス・ロハス（メキシコ）を左ストレート一撃で痛烈な7回KOに屠った。サウスポースタンスから繰り出す一撃必倒の左ストレートは『ゴッドレフト（神の左）』と呼ばれるようになる。15年9月22日、元WBA世界バンタム級スーパー王者の強豪アンセルモ・モレノ（パナマ）に2－1の僅差判定勝ちで9度目の防衛に成功。モレノとは16年9月16日に再戦し、7回TKOの完勝で返り討ちにして11度目の防衛に成功した。17年8月15日、元WBA世界ライトフライ級王者の具志堅用高氏が持つ日本最多世界戦連続防衛記録をかけて13度目の防衛戦に臨んだものの、ルイス・ネリ（メキシコ）に4回TKO負けでプロ初黒星とともに王座から陥落した。18年3月1日の再戦でも体重超過のネリに2回TKO負けを喫し、王座返り咲きはならなかった。同年3月26日、引退表明。プロ戦績31戦27勝（19KO）2敗2分。

内山高志（うちやま・たかし）
1979年11月10日生まれ。埼玉県春日部市出身。花咲徳栄高校3年時にインターハイでベスト8、国体では準優勝。拓殖大学3年時に国体で準優勝、4年時に全日本選手権で初優勝。社会人になってから国体で優勝、全日本選手権は3連覇。アマチュア戦績113戦91勝（59KO・RSC）22敗。2005年7月16日にプロデビュー。07年9月8日、王座決定戦に8回KO勝ちで東洋太平洋スーパーフェザー級タイトル獲得。このタイトルは5度防衛後に返上。10年1月11日、14戦目でWBA世界スーパーフェザー級王者ファン・カルロス・サルガド（メキシコ）に挑み、12回TKO勝ちでタイトル獲得。11年1月31日、のちにWBC世界スーパーフェザー級チャンピオンとなる三浦隆司（横浜光＝当時）を挑戦者に迎え、ダウン挽回の8回終了TKO勝ちで3度目の防衛に成功した。左右の強打でKOを量産するスタイルから『ノックアウト・ダイナマイト』の異名を取る。14年12月31日、9回終了TKO勝ちでV9。翌年2月、WBAは9度の防衛中7KOという実績を評価し、内山をスーパー王者に認定する。15年5月6日、東洋太平洋王者の難敵ジョムトーン・チューワッタナ（タイ）を2回KOで一蹴し10度目の防衛に成功。同年12月31日には3回TKO勝ちし日本歴代3位となる11連続防衛を果たす。16年4月27日、ジェスレル・コラレス（パナマ）を迎えたV12戦で2回TKO負けを喫し王座を失った。同年12月31日にコラレスとの再戦に臨んだものの1－2の判定負け。17年7月29日、現役引退を表明した。プロ戦績27戦24勝（20KO）2敗1分。

粟生隆寛（あおう・たかひろ）
1984年4月6日生まれ。千葉県市原市出身。習志野高校時代に選抜・インターハイ・国体でそれぞれ2度優勝、史上初の高校6冠を達成した。アマチュア戦績79戦76勝（27KO・RSC）3敗。2003年9月6日に2回TKO勝ちでプロデビューした。07年3月3日、3－0の判定勝ちで日本フェザー級タイトル獲得。08年10月16日、WBC世界フェザー級王者オスカー・ラリオス（メキシコ）に挑むも、ダウンを奪いながら1－2の判定で惜敗しプロ初黒星を喫する。翌年3月12日、再挑戦でラリオスに3－0の判定勝ちで世界王座に就いた。09年7月14日に指名挑戦者のエリオ・ロハス（ドミニカ共和国）を迎えて初防衛戦を行うも、0－3の判定負けでタイトルを失う。10年11月26日にはWBC世界スーパーフェザー級王者ビタリ・タイベルト（ドイツ）に挑み、

3－0の判定勝ちで2階級制覇を達成する。3度の防衛に成功した後、12年10月27日にガマリエル・ディアス（メキシコ）に0－3の判定負けで王座を明け渡す。15年5月1日、WBO世界ライト級王座決定戦に臨む。相手のレイムンド・ベルトラン（メキシコ）が前日の計量で体重超過の失格となり、粟生が勝った場合のみ王座獲得という条件の中、2回TKO負けし3階級制覇はならなかった（のちにTKO負けから無効試合に変更）。プロ戦績33戦28勝（12KO）3敗1分1無効試合。

田口良一（たぐち・りょういち）

1986年12月1日生まれ。東京都大田区出身。2006年7月19日、初回TKO勝ちでプロデビュー。07年12月22日に全日本ライトフライ級新人王に輝く。12年3月12日に日本ライトフライ級王者の黒田雅之（川崎新田）に挑むも、1－1の引き分けでタイトル獲得はならなかった。13年4月3日、日本ライトフライ級王座決定戦で知念勇樹（琉球）を3－0の判定で退け、初タイトル獲得し、同年8月25日に初防衛戦で、井上尚弥（大橋）を迎え、0－3の判定負けで王座を失った。14年12月31日、WBA世界ライトフライ級王者アルベルト・ロセル（ペルー）に挑戦し、2度のダウンを奪い3－0の判定勝ちでタイトルを獲得した。やさしい風貌ながら強烈なパンチを繰り出すスタイルから『つよかわいい』と評される。15年5月6日の初防衛戦では、元WBA世界ミニマム級王者クワンタイ・シスモーゼン（タイ）に8回TKO勝ち。16年4月27日には元WBA世界ミニマム級暫定王者ファン・ランダエタ（ベネズエラ）に11回終了TKOで3度目の防衛に成功した。同年8月31日、元WBA世界ミニマム級チャンピオン宮崎亮（井岡）を3－0の判定で退け、4度目の防衛に成功する。17年12月31日、IBF世界同級王者ミラン・メリンド（フィリピン）と王座統一戦を行い、3－0の判定勝ちで7度目の防衛に成功するとともにIBF王座も手中にした。18年5月20日、ヘッキー・ブドラー（南アフリカ）に12回0－3の判定負け、WBA・IBF両王座を失う。19年3月16日には、WBOフライ級王者の田中恒成（畑中）に敗れ、同年11月20日に引退表明。33戦27勝（12KO）4敗2分。

内藤律樹（ないとう・りっき）

1991年7月31日生まれ。神奈川県横浜市出身。所属するE&Jカシアス・ボクシングジムの元日本ミドル級王者カシアス内藤会長は実父で、沢木耕太郎氏の著書『一瞬の夏』で知られる。磯子工業高校時代は3年時に選抜・インターハイ・国体の3冠を達成した。アマチュア戦績は68戦59勝（20KO・RSC）9敗。2011年9月30日に3回TKO勝ちでプロデビュー。14年2月10日、日本スーパーフェザー級王座決定戦で松崎博保（協栄）に8回TKO勝ちし、ライオン野口・野口恭以来2例目の父子日本チャンピオンとなった。このタイトルは3度防衛。15年6月8日には元東洋太平洋・日本ライト級王者の荒川仁人（ワタナベ）とノンタイトル10回戦を行い、3－0の判定勝ちを収める。同年12月14日、のちにIBF世界スーパーフェザー級チャンピオンとなる尾川堅一（帝拳）を迎えたV4戦で、5回負傷判定0－3で敗れ、王座を明け渡すとともにプロ初黒星を喫した。16年5月12日に3－0の判定勝ちで再起。同年12月3日、日本王者の尾川とタイトルマッチで再びグローブを交えるも0－3の判定負けで雪辱はならなかった。その後、再起してスーパーライト級に転向し、18年1月13日には王座決定戦でジェフリー・アリエンザ（フィリピン）を9回TKOで下し、東洋太平洋同級タイトルを獲得した。その後3度の防衛に成功し、24戦22勝（7KO）2敗となる。

比嘉大吾（ひが・だいご）

1995年8月9日生まれ。沖縄県浦添市出身。宮古工業高校時代は国体ベスト8。アマチュア戦績は45戦36勝（8KO）8敗。同郷の元WBA世界ライトフライ級チャンピオン具志堅用高氏が会長を務める白井・具志堅スポーツジムに入門し、2014年6月17日に初回KO勝ちでプロデビュー。7戦目の15年7月24日、バンコクでWBC世界フライ級ユース王座をかけてコンファー・CPフレッシュマート（タイ）と対戦し、7回KO勝ちでタイトルを獲得した。16年7月2日には東洋太平洋フライ級王者アーデン・ディアレ（フィリピン）に挑戦し、4回KO勝ちでタイトル獲得、同年11月5日に4回KO勝ちで初防衛に成功する。そして17年5月20日、WBC世界フライ級王者ファン・エルナンデス（メキシコ）に挑戦。だが、エルナンデスが前日計量で体重超過の失格となったため王座剥奪、比嘉が勝った場合のみ新王者となる条件で試合が行われ、6回TKO勝ちでタイトル獲得。同年10月22日にはトマ・マソン（フランス）と対戦し、デビューから14連続KO勝利となる7回TKO勝ちで初防衛。18年2月4日、元世界2階級制覇王者モイセス・フエンテス（メキシコ）を迎え、初回KO勝ちで2度目の防衛に成功する。この試合で打ち立てた15連続KO勝利は日本タイ記録。同年4月14日、体重超過で王座は剥奪、翌日クリストファー・ロサレス（ニカラグア）にTKO負け。プロライセンスの停止を経て、20年2月13日にノンタイトル8回戦でジェイソン・ブエナオブラ（フィリピン）と対戦し、TKO勝ちした。17戦16勝（16KO）1敗。

和氣慎吾（わけ・しんご）

1987年7月21日生まれ。岡山県岡山市出身。岡山商科大学附属高校時代はインターハイに出場し、アマチュア戦績は24戦15勝9敗。2006年10月31日、初回KO勝ちでプロデビュー。黒星や引き分けを経験しながらランキングを上げ、リーゼントがトレードマークのボクサーとしても注目を集めていく。13年3月10日、東洋太平洋スーパーバンタム級チャンピオン小國以載（VADY＝当時）に挑戦。2回にダウンを奪い、10回終了TKO勝ちでタイトルを獲得した。このタイトルは5度の防衛に成功。15年6月10日にはマイク・タワッチャイ（タイ）とIBF世界スーパーバンタム級挑戦者決定戦を行い、3－0の判定勝ちを収める。16年7月20日、ジョナタン・グスマン（ドミニカ共和国）とのIBF世界スーパーバンタム級王座決定戦に臨んだものの、4度のダウンを喫して11回TKO負けでタイトル獲得はならなかった。17年7月19日、元日本スーパーバンタム級暫定王者の瀬藤幹人（協栄）と再起戦を行い5回TKO勝ちした。同年9月13日には世界ランカーのパノムルンレック・ガイヤーンハーダオジム（タイ）とのノンタイトル8回戦に8回KO勝ちを収めている。18年7月27日、久我勇作（ワタナベ）に10回TKO勝ちし日本スーパーバンタム級王者となるが11月8日に返上、19年10月11日にはジュンリエル・ラモナル（フィリピン）に3回TKO負けし、34戦26勝（18KO）6敗2分。

寺地拳四朗（てらじ・けんしろう）
名前の由来は人気漫画『北斗の拳』の主人公ケンシロウ。1992年1月6日生まれ。京都府城陽市出身。所属するB・M・Bジムの寺地永会長は実父で元日本ミドル級王者、元東洋太平洋ライトヘビー級王者。奈良朱雀高校時代はインターハイや国体への出場経験がある。関西大学に進学後、4年時に国体ライトフライ級優勝。アマチュア戦績は74戦58勝（20KO）16敗。2014年8月3日、6回判定勝ちでプロデビュー。15年10月12日、ロリー・スマルポン（フィリピン）とWBC世界ライトフライ級ユース王座決定戦を行い、10回判定勝ちでタイトルを獲得。6戦目の同年12月27日、日本ライトフライ級チャンピオンの堀川謙一（SFマキ＝当時）に挑戦し、3－0の判定勝ちで王座獲得。初防衛に成功後、16年8月7日に自身の持つ日本タイトルと空位の東洋太平洋同級王座をかけて大内淳雅（姫路木下）と対戦し、3－0の判定勝ちで日本王座2度目の防衛を果たすとともに東洋太平洋王座も手にした。親子2代で日本王座と東洋太平洋王座の2冠を獲得したのは日本初の快挙である。同年12月8日には東洋太平洋王座の初防衛に成功。17年5月20日、WBC世界ライトフライ級王者ガニガン・ロペス（メキシコ）に挑戦し、2－0の判定勝ちで無敗のまま10戦目で世界タイトルを獲得。同年10月22日には元WBC世界ライトフライ級王者ペドロ・ゲバラ（メキシコ）に2－0の判定勝ちを収め初防衛に成功。同年12月30日にはヒルベルト・ペドロサ（パナマ）を4回TKOで下し、2度目の防衛に成功した。19年11月22日、リングネームを「拳四朗」から本名に変更、同年12月23日に7度目の防衛に成功し、17戦17勝（10KO）となる。

尾川堅一（おがわ・けんいち）
1988年2月1日生まれ。愛知県豊橋市出身。子供の頃から日本拳法を習い始め、小学校時代には全国優勝、明治大学時代はインカレ団体優勝、個人では全日本4位となった。その後、ボクシングに転向

し、2010年4月30日に3回TKO勝ちでプロデビュー。11年12月18日には、3－0の判定勝ちで全日本スーパーフェザー級新人王に輝く。12年8月4日、三好祐樹（FUKUOKA）とのノンタイトル8回戦に5回TKO負けでプロ初黒星を喫した。この一戦で顎を骨折し、ブランクをつくるも13年6月1日に2回TKO勝ちで再起。同年11月2日には初回TKO勝ちで三好に雪辱を果たす。15年12月14日、日本スーパーフェザー級王者の内藤律樹（E&Jカシアス）に挑戦し、初回にダウンを奪い5回負傷判定3－0の勝利を収めタイトルを獲得する。16年12月3日には内藤との再戦に3－0の判定勝ちを収め3度目の防衛に成功。この王座は5度防衛した後に返上。17年12月9日、アメリカ・ネバダ州ラスベガスでテビン・ファーマー（アメリカ）とIBF世界スーパーフェザー級王座決定戦を行い、2－1の判定勝ちでタイトルを獲得した。18年4月18日、ドーピング疑惑でファーマー戦は無効試合とされ、ライセンスが1年間停止される。同年12月10日に処分解除、27戦24勝（18KO）1敗1分1無効試合。

土屋修平（つちや・しゅうへい）

1986年9月20日生まれ。愛知県犬山市出身。キックボクシングからボクシングに転向した経歴を持つ。2009年7月13日に初回KO勝ちでプロデビュー。10年12月19日、三好祐樹（FUKUOKA）に初回終了TKO勝ちで全日本ライト級新人王に輝く。12年3月6日にはサワット・ウォースラポン（タイ）に初回TKO勝ちを収め、デビュー以来の連続KO勝利を「12」に伸ばすが、同年5月17日の次戦は判定勝ちとなり連続KO記録は止まった。13年2月25日、川瀬昭二（松田）と対戦し、初回にダウンを奪うも9回TKOでプロ初黒星。同年7月25日には、中谷正義（井岡）に3回KO負けで連敗を喫する。再起後は強豪相手に2度の黒星を喫するもキャリアを重ね、16年12月19日に野口将志（船橋ドラゴン＝当時）との日本ライト級王座決定戦に3回KO勝ちを収めタイトルを獲得した。17年3月4日、西谷和宏（VADY）との初防衛戦で5回にダウンを奪うも逆転の8回TKO負けを喫し、王座を失った。17年6月30日引退。20年2月27日、復帰戦が行われたが、TKO負けとなり、29戦23勝（18KO）6敗。

西谷和宏（にしたに・かずひろ）

1987年3月22日生まれ。鳥取県倉吉市出身。アマチュア戦績27戦17勝（10KO・RSC）10敗。

2009年11月8日、4回判定勝ちでプロデビュー。11年11月13日、8戦目の初8回戦に判定で初黒星を喫する。12年2月5日の初10回戦でも判定負けで連敗となるも、同年6月17日に3回TKO勝ちで再起。その後は7連勝を飾り、引き分けと黒星も経験しながらキャリアを重ね、15年12月16日に日本ライト級チャンピオンの徳永幸大（ウォズ）に挑戦。だが、0－3の判定負けでタイトル獲得はならなかった。16年8月21日に2回TKO勝ちで再起し、17年3月4日には日本ライト級チャンピオンの土屋修平（角海老宝石＝当時）に挑戦。5回にダウンを奪われるも、8回に2度倒し返し逆転のTKO勝ちでタイトルを獲得したが防衛することなく、ステップアップのため返上。同年10月22日にはコンペット・ギャットジャントラー（タイ）とのノンタイトル8回戦に2回KO勝ちを収めている。プロ戦績26戦21勝（12KO）4敗1分。

勅使河原弘晶（てしがわら・ひろあき）

1990年6月3日生まれ。群馬県佐波郡出身。少年時代は非行に走って少年院にも入ったが、元世界スーパーウェルター級王者・輪島功一氏の自伝『炎の世界チャンピオン』を読んでボクサーを志す。2011年7月28日に3回TKO勝ちでプロデビュー。特徴的な金髪をなびかせるファイトスタイルから『金色夜叉』の異名を持つ。12年11月4日、東日本バンタム級新人王決勝戦で立川雄亮（ピューマ渡久地）に0－3の判定負けで初黒星を喫した。13年3月27日に6回判定勝ちで再起。引き分けを挟む7連勝を飾る。16年10月11日、世界タイトル挑戦経験のある赤穂亮（横浜光）との初10回戦に臨むも、1－2の判定で敗れた。17年4月10日に2回TKO勝ちで再起。同年10月12日、WBOアジア太平洋バンタム級王者ジェトロ・パブスタン（フィリピン）に挑戦し、10回TKO勝ちでタイトル獲得。輪島功一氏が主宰する輪島功一スポーツジムから初めてのチャンピオンとなった。18年2月8日、ジェイソン・カノイ（フィリピン）に3－0の判定勝ちを収め、初防衛を果たしている。2度目の防衛にも成功し、同年9月25日に王座を返上、10月11日にグレン・サミンギット（フィリピン）に5回KO勝ちしてOPBF東洋太平洋スーパーバンタム級王者となる。19年12月12日、3度目の防衛に成功、25戦21勝（14KO）2敗2分。

「巻末付録」作成　平田淳一

Haruki Bunko
ハルキ文庫

か 8-3

ボクシング日和《びより》

著者 角田光代《かくたみつよ》

2020年 7月18日第一刷発行

発行者 角川春樹

発行所 株式会社角川春樹事務所
〒102-0074 東京都千代田区九段南2-1-30 イタリア文化会館

電話 03(3263)5247(編集)
03(3263)5881(営業)

印刷・製本 中央精版印刷株式会社

フォーマット・デザイン 芦澤泰偉
表紙イラストレーション 門坂 流

ISBN978-4-7584-4349-4 C0195 ©2020 Kakuta Mitsuyo Printed in Japan
http://www.kadokawaharuki.co.jp/[営業]
fanmail@kadokawaharuki.co.jp[編集] ご意見・ご感想をお寄せください。

角田光代の本

菊葉荘の幽霊たち

友人・吉元の家探しを手伝いはじめた〈わたし〉。吉元が「これぞ理想」とする木造アパートはあいにく満室。住人を一人追い出そうと考えた二人だが、六人の住人たちは、知れば知るほどとらえどころのない不思議な人間たちばかり。彼らの動向を探るうち、やがて〈わたし〉も吉元も、影のようにうろつきはじめている自分に気づき……。奇妙な人間模様を通じて、人々の「居場所」はどこにあるかを描く長篇。（解説・池田雄一）

角田光代の本

紙の月

ただ好きで、ただ会いたいだけだった――わかば銀行の支店から一億円が横領された。容疑者は、梅澤梨花四十一歳。二十五歳で結婚し専業主婦になったが、子どもには恵まれず、銀行でパート勤めを始めた。真面目な働きぶりで契約社員になった梨花。そんなある日、顧客の孫である大学生の光太に出会うのだった……。あまりにもスリリングで、狂おしいまでに切実な、傑作長篇小説。各紙誌でも大絶賛された、第二十五回柴田錬三郎賞受賞作。（解説・吉田大八）

恋愛アンソロジー

ナナイロノコイ

恋の予感、別れの兆し、はじめての朝、最後の夜……。恋愛にセオリーはなく、お手本もない。だから恋に落ちるたびにとまどい悩み、ときに大きな痛手を負うけれど、またいつか私たちは新しい恋に向かっていく——。この魅力的で不思議な魔法を、角田光代、江國香織、井上荒野、谷村志穂、藤野千夜、ミーヨン、唯川恵の７人の作家がドラマティックに贅沢に描いた大好評恋愛アンソロジー。